A E
& I

Tonada de un viejo amor

Autores Españoles e Iberoamericanos

Mónica Lavín

Tonada de un viejo amor

Bajo el sello editorial PLANETA M.R.
Avenida Presidente Masarik núm. 111,
Piso 2, Polanco V Sección, Miguel Hidalgo
C.P. 11560, Ciudad de México
www.planetadelibros.com.mx

Primera edición impresa en México: julio de 2023
ISBN: 978-607-39-0342-4

Impreso en los talleres de Litográfica Ingramex, S.A. de C.V.
Centeno núm. 162-1, colonia Granjas Esmeralda, Ciudad de México
Impreso y hecho en México – *Printed and made in Mexico*

A Emilio

Tenue rey, sesgo alfil, encarnizada
reina, torre directa y peón ladino
sobre lo negro y lo blanco del camino
buscan y libran su batalla armada.

No saben que la mano señalada
del jugador gobierna su destino,
no saben que un rigor adamantino
sujeta su albedrío y su jornada.

JORGE LUIS BORGES, «AJEDREZ»

Primera parte

SOLAMENTE UNA VEZ

1

Los entierros siempre son melancólicos. Basta un espacio despejado, una cortina de álamos y sabinos desnudos a lo lejos, un cielo azul límpido y un aire helado. Las figuras de negro se suman al ritual, caminan con parsimonia, agachan la cabeza, temen. Al sonreír, parecen indiferentes o descorteses. Las mujeres se alían con la viuda, le ofrecen el brazo para que apoye su desconsuelo mientras se acercan al hueco donde los sepultureros aguardan. Cristina camina al lado de Enrique, trae un traje sastre negro, el sombrero le oculta el rostro ojeroso. Preferiría andar sola, no tener que ir pertrechada por su hermano para presentar sus condolencias. Las condolencias las merecía todas ella.

Hubiera deseado borrarlos como si fueran de gis, caminar silenciosa hasta el sepulcro y abrazarse a la caja negra que acaban de descender. Entonces habría arremetido a puñetazos sobre el féretro indolente. Acostada sobre la tapa la habría abarcado con sus piernas, frotado el pubis y su pecho clamando la resurrección de Carlos. Le hubiera gritado cabrón, cobarde, amor. Te moriste de puro miedo. Que todos se fueran mientras los empalaban para seguirse besando bajo tierra. El mullido confort de terciopelo de la caja, un lugar inexplorado para hacer el amor. Limitarse a la estrechez del sarcófago para envainar las piernas y sofocar los gemidos entre la oscuridad y los golpes esponjosos de los terrones. Pero ni siquiera podía hacer suyo el privilegio de marchar en soledad a su sepelio, como lo hacía a su encuentro clandestino. ¿Para qué azuzar los rumores y aderezar una muerte, confirmando la bajeza de una Velasco? Carlos tendría que haber resobado esos rumores a las mujeres de San Lorenzo cuando jugaban al rummy circunspectas en casa de la abuela, con sus intrigas mordaces ocultas tras el abanico de naipes, para alzar la vista al verlo llegar.

—Sí, vengo de estar con Cristina, ¿por qué creen que ella no pierde el tiempo con ustedes?

Y Cristina acomodándose el escote, los pelos revueltos, retocándose los labios, aparecería detrás de su hombre.

—¿No se aburren? —les preguntaría con sorna, acallando su convulso corazón.

Pero si Cristina no pudo conseguir que él rompiera el cerco de la censura, no tenía por qué ahora endulzarles el invierno con un secreto sospechado para que se ufanaran: «te lo decía». Menos ahora que ni siquiera podía entrar Carlos en su defensa y huir del pueblo a caballo con los sacos de sus fortunas en las alforjas y la esperanza en la plenitud de sus amoríos libres.

Cristina no entendía de qué servía la escenografía quieta en la que había crecido. Si este sepelio era otra puesta en escena, con el vestuario correcto y el gesto adecuado. En ese gran tablero de ajedrez la muerte de Carlos era una pieza menos. Esa falta cabía en el marco de la quietud, pero no el escándalo que zarandeara el tablero e hiciera rodar alfiles, caballos y peones hasta el suelo.

Cuando Carlos estaba con los hombres, atreviéndose a mirar a Cristina después del segundo martini; cuando Olga Fonseca aún no aparecía en el escenario, Cristina también lo miraba. Alguien tocaba en la guitarra aquello de «yo sé que nunca...» y Carlos lo usaba como pretexto para acercarse.

—Sobrina, ¿bailamos?

Por el atrevimiento, Cristina sabía que era mucho el alcohol bebido. Los demás miraban. Antes de que las mujeres descorcharan su veneno, todos contemplaban en silencio. Se veían bien, Cristina con el vestido azul marino y su cintura envidiable, el pelo rubio rizado y los aretes de grandes perlas. Carlos, castaño y esbelto. Pero el engarce iba más allá de sus figuras, armonizaban. La mano de Carlos extendida sobre la espalda de Cristina la sujetaba de particular manera. El espectáculo, sin embargo, estaba en lo oculto, en el deseo que parecía sugerirse para envidia de hombres y mujeres. No se decían nada, pasada la pieza el tío Carlos retomaba las formas y, parodiando una reverencia, agradecía la gentileza de su sobrina. Aliviados, los espectadores sonreían.

Cristina volvía al círculo de mujeres, con la tibieza de la mano de Carlos aún en su espalda. Procuraba no recargarse contra el respaldo ni rozar las paredes para no borrar la huella. Carlos tardaba en volver a mirarla. Había que esperar a que los demás olvidaran lo candente del baile. Para entonces, el cuerpo de Cristina ya tenía una clara presencia en su memoria. Pero recordar siempre era insuficiente, esa noche habría de esperarla, como siempre, en la covacha. Al fin una sola casa mediaba entre las suyas.

2

Un tablero tan reducido sólo permitía ciertas movidas, ciertas alianzas. Si no se hacían con la debida antelación, se corría el riesgo de quedar inmóvil, atrapado en una esquina, sin más posibilidad que permanecer en la configuración del tablero. Olga conocía a Carlos desde siempre, en San Lorenzo todos los de la textilera y los vinateros crecían juntos. Habían estado en el mismo grupo de la primaria, ella una Fonseca, él un Velasco. Ella entre algodones, él entre taninos. Olga era una más en el salón de clases, flacucha, morena y larga. Lo único que los niños le envidiaban era el Packard amarillo con el que la recogían los viernes para ir a Bermejo. Su padre vivía en Bermejo; ella en San Lorenzo con su abuelo, en el rancho La Blanca. Gustavo Fonseca, a falta de nietos, quería que una Fonseca —su hijo odiaba el campo— se ocupara algún día de la administración del negocio. Olga era una candidata ideal: aplicada, correcta y seria.

Al acercarse el flamante automóvil por la Juárez, Carlos se apretujaba en la reja con todos los niños. Forzaba su cara curiosa entre los barrotes y apenas podía creer que algo tan limpio y brillante circulara por esas calles terrosas.

Olga salía con su mochila al hombro y abría la portezuela que dejaba al descubierto los interiores color miel y a don Gustavo Fonseca, a quien Olga saludaba con un beso. El viejo daba miedo, decían que sólo Olga lo hacía reír, cosa increíble pues a nadie más arrancaba sonrisas. Olga miraba por la ventanilla a los niños en la reja del colegio y agitaba su mano con cierto orgullo. Lo hacía por Carlos, pues ya desde quinto de primaria pensaba que, además de guapo, era el niño más simpático del salón. Los otros se daban cuenta y la carrilla no paraba hasta que Carlos llegaba a su casa.

—Le gustas a la flaca del Packard. Que no te vea don Gustavo, pues tu papá no tiene más que la troca del rancho.

A Carlos le daba coraje. Le gustaba el coche pero la flaca no, ni siquiera podía correr ni treparse a los árboles, le salía sangre de la nariz y siempre estaba en la enfermería.

La nieta de don Gustavo no estaba a la altura de ninguno de los de San Lorenzo. Su abuelo mejor la regresó a Bermejo donde había muy dignos y acomodados prospectos, que hasta en «ángel negro» la podían pasear, no como los muchachillos hijos de poseedores de Studebackers o Fords 33. Eso no era poco, pero don Gustavo Fonseca tenía más y sólo una nieta.

Cuando Olga regresó a San Lorenzo después de estudiar comercio en la ciudad, escuchó rumores de que la soltería de Carlos, ya de treinta y dos, era por un amor escondido. Aunque había muchos partidos y Packards en Bermejo, como decía su abuelo, también había muchas mujeres bonitas y más jóvenes. Ella había decidido ayudar a su abuelo en la contabilidad del algodón y conseguir la atención de Carlos. A los pocos días de haber vuelto, le pidió el auto a su abuelo una tarde y se fue a visitar a doña Ausencia Velasco. Lo correcto era avisar que allí estaba, lo correcto también era que la empezaran a invitar al rummy, a las carreras de caballos y a las fiestas.

Estuvo un rato en la sala, tacita de té en mano, contando de Bermejo y que su padre a lo mejor vendría a pasar la Pascua a San Lorenzo, preguntó por la salud de doña Ausencia y contó de las arritmias que la asediaban desde niña. Luego preguntó por los hijos. Poncho, el mayor, muy bien a pesar de lo desbalagado y de que había comenzado a formar familia a los veinte años; Ausencita, feliz con sus dos polluelos que se veían recios como su abuelo Alfonso; y Carlos, juerguista, taciturno, viajero e incasable como siempre. Olga sonrió. Doña Ausencia aprovechó para invitarla al día de campo en los viñedos el domingo siguiente.

Por más que prolongó la visita, llegó la hora en que era prudente retirarse. Olga se despidió cortésmente, dejando saludos para todos, y prometió asistir el domingo. Abría la puerta del coche negro cuando miró a un hombre acercarse. Era Carlos, el pelo castaño espeso lo delataba. Venía con pantalones blancos y una raqueta.

—¿Carlos? —preguntó.

Él se detuvo y miró a la mujer junto al auto. Por lo largo de su figura y su tez morena reconoció a Olga, sólo que la nariz era más afilada y su falda blanca tableada disimulaba la delgadez de sus piernas.

—¿Eres Olga? ¿Qué haces en este pueblo tan aburrido? —se rio.

—Vengo a ayudar a papá grande. Ya ves que siempre nos hemos llevado bien.

—O sea que te tenemos para rato.

—Por lo menos de aquí al domingo, ya que tu mamá me hizo favor de invitarme al viñedo.

—Será un placer —dijo Carlos amable—. Hasta entonces.

Carlos se metió a casa pensando en que las cosas se complicarían para el encuentro con Cristina esa noche. Como perdedor tenía que pagar las copas en Bermejo después del juego. Sería difícil avisarle a Cristina. Ausencia dejó caer la cortina por la que había observado a Olga Fonseca saludar a su hijo. Lástima que tenga ese color de piel y ese bigotillo, pero la chica se esfuerza en ser elegante, pensó. A la Fonseca no se le daba naturalmente, cómo iba a serlo si Olga era la hija de la cocinera del rancho. Antes Gustavito hijo la reconoció y se fue de San Lorenzo. En Bermejo ni quién lo supiera, pero aquí era difícil ocultar los genes.

Olga se fue con las manos sudorosas y con la taquicardia cimbrándole los huesos. Estaba segura de que ella se casaba en San Lorenzo.

3

Diecinueve años es una bonita edad, las jóvenes asientan sus cuerpos que crecieron despotricadamente en los años anteriores. Las partes se redondean con precisión, la cintura se perfila definitiva, la piel es suave, los brazos tensos, los rostros cremosos. Cristina era afortunada poseedora de un cuerpo prodigioso, con pechos y nalgas redondos pero no exagerados y una cintura reducida.

Es una bonita edad para, como las otras chicas, jugar tenis, montar a caballo, estudiar francés, viajar a Europa en barco, estar al tanto de la moda y hacerse confeccionar la ropa por las dos únicas modistas con clase de Bermejo. Es una edad perfecta para bailar el *swing* con los muchachos y asistir a los estrenos del cine Estrella, tomar nieve en la plaza y lucirse en las carreras de caballos. Es la mejor edad para despreciar a los grandes. A su mundo coloreado siempre con alcohol y chismes, purgado en la misa del domingo. Para Cristina así no es el mundo, no desde que en las reuniones en casa de su tía Ausencia desatiende las conversaciones de sus primas perturbada por las manos del tío Carlos. Cuando la llevaba al rancho a montar y ella tenía diez años, sólo sabía que eran tan fuertes como para treparla en el animal y hacerle cosquillas sobre la hierba, pero ahora tenían otros alcances.

El tío Carlos enmudeció desde que ella cumplió diecisiete años; cada comida evita posar los ojos en esa cintura que, sin sospecharla alguna vez de mujer, era por donde la tomaba para subirla al alazán.

Cristina aprovecha las tertulias para mirar un poco más a su tío y entender por qué cada vez que va al cine lo mira en el lugar de Clark Gable. Le descubre la boca gorda y comprende por qué no puede bailar en las fiestas con Ramón o Miguel, los chicos que la pretenden.

El tío seguramente la imagina de la mano de Ramón en las lunadas que se hacen en la Alameda, cuando ella está deseando espiar el club y mirar las manos de Carlos mientras fuma esos puros olorosos. Es el cumpleaños de la abuela Ausencia, las familias se reúnen en la casa de en medio, la casualidad los coloca brazo a brazo en la mesa. Gana la timidez y en lugar de ese trato fraterno hay una cordialidad excesiva, como entre dos desconocidos. Por fin Cristina rompe el hielo.

—Oye, tío, ¿cuándo vamos a montar al rancho? Hace mucho que no lo hago.

Carlos, descolocado, piensa rápido.

—El jueves en la tarde, sobrina, yo regreso de Bermejo a la hora de la comida.

Desde luego, Carlos no regresa. En Bermejo se cita con un cliente a comer y copa tras copa deja correr la hora hasta que la penumbra fuera de la ventana lo hace reaccionar. Cristina, con los pantalones y las botas de montar, ha esperado toda la tarde, ha dado vueltas por el patio apaciguando la ira hasta que la tarde se ha esfumado. Es muy noche ya cuando el timbre suena. Enrique va a la puerta.

—Está furiosa, tío Carlos, no ha querido ni cenar.

A regañadientes Cristina baja para atender a su tío. Carlos está en el patio junto al enorme nopal, aún así las copas le caldean el espíritu. Escuchó los no quiero de la muchacha a su hermano y los pasos rezongones por la escalera. Por fin se acerca, le mira la cara rabiosa y el pelo desacomodado, los ojos abultados. Aún está con la ropa de montar.

Cristina no puede evitar mostrar el enojo a pesar de que no quiere que este la delate.

—Te estuve esperando, tío —dice cortante.

—Sí, vengo por ti para ir a montar —contesta juguetón.

—¿Ahorita?

—¿No ves la luna, o qué no te acuerdas que de niña un día nos fugamos de la lunada para sacar a los cuacos?

Cristina no dice nada, Carlos la jala y la trepa al Fordcito. Están callados. Carlos no sospecha las consecuencias de su atrevimiento. Llegan al rancho y él se baja a quitar las trancas. Paran el coche junto a las caballerizas. El mozo se acerca asustado.

—¿Sí, patrón?

—Mi sobrina y yo vamos a montar, pero ya es muy tarde, Juan, yo los ensillo.

—Cómo cree, Carlitos —le dice acostumbrado al trato desde que eran chamacos—. ¿A poco es la niña Cristina?

—Qué chula se puso, ¿verdad?

—Caramba, si parece del cine.

—Descansa, Juanito.

—Bueno, como usted diga. Está bonita la luna. Si me necesita, me llama, joven Carlos. Buenas noches, señorita.

—Buenas noches, Juanito.

Es lo primero que dice Cristina, aún está enojada. Le irrita haberlo esperado toda la tarde y que llegara tan fresco como si no importaran las horas que ella lo anheló, se preocupó y luego lo odió. Se odió a sí misma llorando sobre la cama por haber pensado siquiera que le podía importar a su tío. Si sólo era eso, su tío.

Avanzaron en silencio a las caballerizas, entonces Carlos relajó la tensión:

—¿Me perdonas?

—Toda la tarde rondando el patio con las botas puestas, creyendo que para ti era importante también, y te presentas como si yo fuera una niña que con una paleta se le pasa el coraje —reclama con los puños apretados.

Él da un paso para pegarla contra la madera de la caballeriza, inclina la cabeza y apacigua su boca con un beso. Cristina deja caer los brazos lánguidos.

4

Montar fue un hábito semanal desde ese día. A la familia le agradaba que Carlos compartiera con su sobrina el gusto por la equitación. Cristina lo recibía todos los jueves con un «ya estoy lista», muy diferente a la rabia de aquel otro jueves decisivo, en el que Enrique fuera el único testigo de su ira y del silencio con el que regresó y se quedó un rato sentada en el patio junto al nopal.

Alfonso agradecía la disposición de su hermano, normalmente ocupado en negociar las ventas de la uva a granel o en organizar las apuestas, el dominó y las borracheras en el club o de frecuente viaje en Bermejo, para darle clases a Cristina.

Esa dosis de tardes sudorosas, en que el olor a caballo se mezclaba con el propio cuando llegaban al punto protegido por grandes sabinos cuyas ramas acariciaban el suelo formando una fortaleza penumbrosa, era una adicción que se podía sobrellevar siempre y cuando se tuviese la certeza del próximo encuentro.

Las huidas a Bermejo, que nadie sabía bien a bien qué papel jugaban en la vida de Carlos más allá de transacciones y comilonas con los clientes, resultaban el parapeto perfecto para disfrutarse una vez más a la semana, además de los jueves.

Cuando Carlos de regreso a casa veía la luz encendida en su recámara y Cristina escuchaba el motor del coche, ella apagaba y encendía la luz en señal de que se reunirían en la covacha.

Las diez de la noche era una hora segura para que Cristina atravesara el patio y saltara la barda baja de piedra detrás del baño. Carlos aún no había entrado a su casa y además, con treinta años, su madre Ausencia ya no se fijaba, y de fijarse hubiera quebrado su salud con las parrandas que corría el más mundano de sus hijos. Así que podía meterse tranquilamente por la vereda con matorrales que separaba las dos casas para toparse con su sobrina en el cuarto de las herramientas.

Una vieja silla de palo era el lugar donde Carlos se sentaba después de que uno a otro se desnudaban con furia y Cristina a horcajadas se ensartaba en aquel pene lustroso, el único que ella conocía, el único que ella deseaba, porque deseo y amor eran lo mismo. Carlos, que había probado mujeres a capricho, nunca antes había sentido un placer tan acusado, una erección tan prolongada, una secreción tan abundante como la que le sobrevenía mientras las nalgas blancas y redondas de Cristina se apoyaban en sus ingles. A la única mujer que había deseado con igual voluptuosidad era a Lana Turner, tan lejos de su piel. Cristina era ya un arrebato permanente, un secreto congestionado, una fuerza a la que sucumbía.

Tres años se deslizan rápido, sobre todo cuando se está enamorado y se esquivan las hostilidades de los demás. A Cristina se le reprochaba su falta de interés en los muchachos, a Carlos su reticencia al matrimonio y sus insomnios, que lo habían adelgazado y dejado el rostro opaco. Cristina lo retaba:

—Vámonos de aquí, amor. A la ciudad.

—Pero si mis negocios están aquí.

—¿Y no podemos comenzar otros allá? Yo te ayudaría.

—¿Tú qué sabes hacer, Cristina?

—Quererte mucho, disfrutarte mucho.

Eso era irreprochable, Carlos sonreía y evitaba el tema. No era fácil darse esa vida en cualquier sitio, no era fácil ser alguien en algún punto de la tierra. El dinero importaba tanto, ni siquiera lo ponía en duda. Era un pacto de generaciones donde la fortuna se iba diluyendo, pero seguía alcanzando, las extensas tierras poco a poco se iban fragmentando, pero eran suficiente porvenir.

Cuando tenía los hombros redondos de Cristina a un palmo de su boca, con el frescor de la tarde y los caballos rumiando la hierba a unos metros, no podía pensar eso. Era uno de los escasos espacios en donde no pensaba en dinero, disfrutar a Cristina no le costaba, el placer le era más barato y entrañable que un Moët & Chandon. Era en

Bermejo, mientras aguardaba a algún cliente o amigo en un restaurante, con un martini en la mano y otro en la sangre, cuando confirmaba que nunca haría ninguna de las locuras prometidas a Cristina entre caricias.

Dos martinis en el cuerpo le zarandeaban los escrúpulos. Pensaba en Alfonso, su hermano mayor, tan bueno y tan inútil, siempre presumiendo del encanto seductor del pequeño Carlitos, de su habilidad para sacar la mejor tajada en los negocios, con la ingenuidad de quien no ve las aguas turbias bajo el gesto de niño malcriado. Se le llegó a ocurrir que tal vez aplaudiera la idea de que fuera el marido de su hija, con la ingenuidad de que todo quedase en familia.

—¿Por qué no bajan a desayunar ingratos? —les gritaría mientras vivieran en su casa.

Con qué cara Carlos Velasco le iba a decir a su madre que amaba a la hija de su hermano, a su nieta; qué clase de embadurnada tendría que afrontar, qué sarta de reproches iban a endilgarle a la sensual Cristina. Sería el triunfo de la temeraria Cristina contra la sociedad de San Lorenzo en una fantasía heroica sin igual, peliculesca.

De esos viajes de conciencia regresaba taciturno, evitaba el encuentro con Cristina y se dirigía al club. Allí reforzaba la convicción de que nunca abandonaría San Lorenzo. En la barra de nogal estaban las huellas de la continuidad, las quemaduras de los Chelsea que fumaba su tío Enrique o los Raleigh del general Velasco, que no llegó más allá del diecinueve, ese idealista irremediable que se desdijo de su propia herencia para sumarse a la causa de los pobres, finalmente sólo se sumó a la muerte. Los ricos de San Lorenzo, de tanto haberlo sido, lo seguían siendo, con menos tranquilidad, con menos certeza de la quietud de los tiempos, pero aferrados a las vajillas con monogramas y a los baúles con naftalina. Carlos pidió un martini más, uno que aplacara la irrupción arbitraria de las nalgas redondas de Cristina en sus pensamientos sensatos, uno que mitigara la incipiente erección que bien disimulaban sus pantalones holgados. El club de los Vargas, los Bermúdez, los Velasco, los Fonseca y sus derivados; el palacio de la vid y el algodón; el parasol de los caprichos que cocina el ocio sin talento, allí donde se fraguaban las apuestas que cedieron ranchos que en la siguiente apuesta volvieron a su dueño, carreras que se organizaron, borracheras en que los hombres y las mujeres se convencían de que la quietud de San Lorenzo era el paraíso, que las pasajeras ruinas del alma eran arrebatos sensibleros; que la vida con billetes, travesías en barco a París y alcohol sin límite eran algo muy lejano a la disipación de la capital, a las propuestas rojillas del cardenismo, y a las provocaciones ateas de Diego Rivera.

Esa noche Cristina pensaba en el pintor y su mujer, Frida, esa señora vestida de india y apellido alemán con las cejas muy fuera de moda. Había ido al cine Estrella a ver la nueva de Cantinflas con su prima Mercedes. Eso de reírse no se le daba cuando traía la melancolía subida, sólo la noticia en los cortos del casorio de Diego Rivera y Frida Kahlo le había importado. En la capital parecían ser más audaces, algunos por lo menos, como esa mujer medio coja y ese hombre tan gordo y seductor de mujeres. Hasta la María Félix posó casi desnuda para él. Las pasiones tenían permiso. Salió cabizbaja sin querer cenar tostadas en la esquina, pensaba en Carlos, en su cobardía y en la propia, y lamentaba no ser pintora o actriz, no ser más que la amante de su tío en un pueblo del norte de México en 1942.

5

Mercedes y Cristina se vestían en casa de Cristina. Las carretas saldrían de la Alameda a las bodegas y todas las chicas se reunirían a las doce. Mercedes ataba las agujetas del corpiño, quejándose de que esa prenda que había usado hasta su abuela ya era un vejestorio. A los trece años participaban con gusto en la fiesta de la vendimia, pero a los veintidós se sentían un tanto ridículas. No había remedio, toda muchacha soltera hija de vinatero o bodeguero tenía un papel obligado en la fiesta de la uva. Cristina se ataba la mascada roja a la cabeza sin poder contener algunos rizos que le caían sobre la frente. Se pintaba los labios con rabia. Estaba harta de que su alegría dependiera de los ratos en que veía a Carlos, le dolía haberse enamorado. Anoche había esperado, con la luz de su ventana encendida, el sonido del motor del Ford.

Saboreaba el olor a serrín del cuarto de trebejos, los brazos de Carlos rodeándole la cintura, la humedad de su sexo enloquecido desde aquel jueves. El sueño la venció sin saber siquiera si había vuelto. Lo imaginaba en Bermejo en algún hotel con una de esas mujeres galantes, artistas del desenfreno, de las cuales ella era sólo una aprendiz; la golpeaba sospechar que el deseo de Carlos estuviese en otra carne. La impotencia la violentaba. Eso de tener que ir en una carreta con el cesto cuajado de uvas en el regazo para lanzar los racimos con regocijo a la gente que aguardaba el cortejo le parecía un agravio. Le irritaba no saber si Carlos estaría o no, si tendría que evadir su mirada.

Salieron a toda carrera, con las alpargatas mal atadas a las pantorrillas desnudas. Cristina no quiso mirar hacia la casa de su abuela, donde Carlos bebía un café mientras leía en el periódico del día la declaratoria de México de participar con los aliados en la guerra. A lo largo del camino todo San Lorenzo se desparramaba formando un desfiladero de sombrerudos, mujeres endomingadas y chiquillos inquietos que al paso de las carretas pedían a las vendimiadoras su dotación de uvas. Los racimos volaban a diestra y siniestra, las sonrisas y los vivas los acompañaban. Sólo Cristina iba con el gesto apretado, con una morriña incurable que no alcanzaba a definirse por la rabia o por el llanto.

—Reacciona, mujer, ¿qué te pasa? —la atizó Mercedes a su lado—. Tal pareciera que traes mal de amores.

Cristina tardó en contestar.

—Tienes razón, prima, hoy es día de fiesta. Es que el

tonto de Enrique, con sus burlas de que me voy a quedar para vestir santos, me hizo enfadarme en serio.

—Será para desvestirlos, eso sí, no sé por qué te pones tus moños para salir con los muchachos. Mira que Ramón Vargas se muere por ti, y está guapillo, además es hijo de bodeguero. Todo queda bien amarrado.

—Me aburre Ramón.

La conversación distrajo su ira y la previno de andar levantando sospechas. Ni enojado podía estar uno en San Lorenzo, no sin razón aparente. Las mujeres olfateaban las cuitas de amores.

Al llegar a la hacienda, un hombre vestido de Baco, como era tradicional en la fiesta, ayudó a cada una de las muchachas a bajar de las carretas. Las chicas en línea fueron caminando hacia la escalinata donde la tinaja de uvas esperaba sus pies mordaces. Con esos atuendos campestres, heredados de generación en generación, donde el grueso satén francés y el paño español se defendían con dignidad de las lavadas anuales, el pelo detenido en mascadas escondiendo los rizados a la Rita Hayworth que se había apoderado de todas la cabezas femeninas, las muchachas caminaban altivas por el piso de la propia hacienda que era de sus tatarabuelos o bisabuelos comunes, seguras de que el azul de ese cielo, la sombra de los nogales y la generosidad de las uvas eran de ellas y por ellas, por sus familias que eran una sola atomizada sólo en apariencia, como el mercurio.

Seguramente está por aquí, pensó Cristina, mientras se acercaba a la tinaja; lo imaginaba a la sombra de un sabino con el jaibol en la mano, con el sombrero de palma y el saco claro, la cruda de ayer aminorada por la borrachera que hoy comenzaba. Le daba coraje suponerlo sonriente, así que, cuando llegó su turno de acribillar las uvas con los pies desnudos, se apoyó del brazo del Baco ceremonial para entrar a la tinaja y destripó los frutos con la misma saña con que hubiera asestado contra el pecho de Carlos. Sentía los pellejos reventar y el zumo dispararse entre sus dedos, escuchaba el ruido de los jugos y apretones vegetales y, de cuando en cuando, miraba el fondo bermellón que teñía sus pies blancos. Levantó la vista hacia el sabino frondoso contiguo a la hacienda. Carlos la miraba, recorría sus pantorrillas blancas y sus pies menudos dentro de la tinaja, escuchaba los mismos ruidos que Cristina y sentía el líquido bañar la piel de esa mujer tan hermosa.

Baco ayudó a las vendimiadoras que acababan su faena a salir de la tinaja; mientras tanto el público aplaudía. Cristina se ataba las alpargatas cuando escuchó risas y alboroto; Carlos, con el vaso jaibolero vacío, había llegado hasta la tina para llenarlo del vino joven, del zumo virginal que produjeran los pies de las doncellas. Brindó con Baco y lo apuró de un trago salpicando su saco color crudo con lamparones morados y chorreando por la barba el líquido brillante. Un instante, sólo uno, miró a Cristina, miró sus labios color granate, color de vino. Comulgaba con ella, con los dioses griegos, en las fiestas del delirio y el desenfreno. La amaba, cómo la amaba.

Una mujer a lo Lucha Reyes cantaba en los jardines de la casa grande, allí donde la familia seguía la celebración, mientras en la explanada bullía la feria popular. Las mesas se ocupaban con orden: las vendimiadoras por un lado, los más grandes por allá, las parejas de gente muy mayor a la sombra y lejos de la música. Pero cuando la tarde se volvió incipiente penumbra y los más entonados por el alcohol coreaban el «Me siento lacia», las mesas ya no tenían orden alguno. Cristina había bebido vino también, era la única manera de sofocar la ira y demostrar esa calma aparente donde el silencio la corroía. Las chicas hablaban de lo tremenda que era la Félix, y de cómo le podía gustar el Tin Larín; otras decían que si alguien les componía una canción no importaba lo feo. A nadie le componen canciones. Cristina hacía esfuerzos por concentrarse en sus palabras, pero con la vista seguía a Carlos que estaba cerca de la cantante, con el andar más suelto por el alcohol y riendo a carcajadas con Paulino Ituarte como si nada.

Entonces se levantó de golpe y entró a la casa fingiendo buscar los baños, cuando en realidad quería aire, llorar, gritar, morder. Se fue al patio pequeño de la fuente y allí se sentó en el borde. En el agua se reflejaba su cara, su ceño fruncido. Por un momento le pareció que su cara retorcida por las ondas del agua era un presagio de la vejez. Que pasados los años habría de contemplar el mismo ceño fruncido en el mismo sitio. Tenía que zafarse de Carlos, desanudar su amor, irse de ese pueblo asfixiante. Olvidarse, olvidarse.

—¿Pasa algo? —era la voz de su hermano reflejado también en el agua de la fuente.

—No —contestó turbada—, comí mucho y necesitaba aire.

Le acarició la cabeza con cariño. Cristina lo miró triste, agradecía el gesto. Enrique parecía adivinar lo que le ocurría.

—Voy al baño —dijo Cristina presintiendo su llanto y caminó hacia el pasillo.

Cerró la puerta, una mano la tomó con fuerza de la muñeca. Iba a protestar, pero Carlos le ahogó los reproches con un beso, mientras corría el pasador.

—Eres un tonto —mascullaba Cristina.

Carlos le subía la falda, buscando la manera de desatar esos calzones largos rematados de encaje. Acabó por romperlos y tirarlos al piso. Sentó a Cristina en la plancha de mármol blanco del tocador y le recorrió a besos los pies teñidos de jugo de uva, las pantorrillas salpicadas, los muslos frondosos, hasta penetrarla y hacerla gemir y olvidar sus deseos de olvidarlo.

Tocaron a la puerta. Cristina retomó sus fuerzas desvencijadas y contestó «ocupado». Pero Mercedes la reconoció.

—Abre, Cristina, que ya no aguanto.

—Voy —dijo sin remedio.

Carlos miró. De la plancha del lavabo caía una tela a manera de cortina. Se metió apretujado entre un taburete y unas jergas. Desde allí escuchó a Mercedes orinar y a Cristina hablar de la cantante, escondiendo con la voz cualquier ruido del intruso. Recargada en el tocador alejaba la posibilidad de que Mercedes se acercara y sintiera el cuerpo de Carlos tras el faldón. Carlos aprovechó para acariciarle una pantorrilla mientras Cristina disimulaba su nerviosismo con el martilleo de sus dedos en el mármol. Ya se iban cuando Mercedes vio algo en el suelo.

—¿No son tus calzones, Cristina?

—Sí, qué tonta, ya los iba a dejar allí, es que me aprieta la cinturilla.

Mercedes los tomó del piso.

—Pero están todos rasgados.

—Es que me costó trabajo desanudarlos.

—Qué suerte que traías pantaletas debajo.

—Sí —mintió Cristina cerrando la puerta del baño detrás suyo.

El semen de Carlos le escurrió como un hilito fino por la entrepierna.

Olga fue recibida con gran contento por doña Ausencia, que la presentó a los que la rodeaban:

—Es Olguita, la nieta de don Gustavo, ya regresó a San Lorenzo.

Le preguntaron por don Gustavo, que ya no salía del rancho, alabaron su elegancia y por lo bajo murmuraban que ese marrón se confundía con su piel, que si no fuera por esos aretes y esa altura nadie la voltearía a ver.

Carlos conversaba con su hermano Alfonso cerca de los leños donde se asaba el cabrito. Juanito corría presuroso atiborrando las copas vacías con vino de la casa. Tenía la consigna, por parte de la viuda Velasco, de que nadie estuviera seco. Aquélla debía ser una fiesta memorable, por la concurrencia, por la generosidad del almuerzo, por la belleza otoñal de los nogales y los sabinos y por las borracheras de los simpatizantes de Baco que en San Lorenzo se daban como la vid.

Mercedes y Cristina fisgoneaban sentadas en un escalón de la terraza. Miraban y se reían de los peinados que intentaban ser modernos en las más viejas o en las que de nada había servido ir al cine o ver revistas. Cristina preguntó quién era la del bonete marrón que tan cordialmente recibía su abuela.

—Es Olga, era compañera de tío Carlos en la escuela. Es la mujer más rica de San Lorenzo. Su abuelo es «Algodones» Fonseca —explicó Mercedes, quien siempre estaba al tanto de las noticias de la familia.

Cristina observó cómo su abuela la llevaba del brazo a donde se rostizaban los animales junto a su padre y a Carlos. La abuela se retiró y dejó a los tres conversando. Cristina se fijó en el movimiento de las manos mientras hablaban. Pasó Juanito y Olga negó una copa.

—No bebe la Fonseca —le dijo a Mercedes que ya miraba a otro lado, acechando a Paulino. Cristina comenzó a inquietarse cuando su padre dejó solos a Carlos y a la mujer. Ella parecía resuelta a no moverse de allí y Carlos a no dejar de beber. La cara de Cristina perdía color. Su hermoso atuendo de lunares negros se arrugaba infantilmente bajo el sudor copioso de las manos. Necesitaba una copa de vino, pidió a Juanito que le sirviera.

No quitaba la vista de ese rincón con la certeza de que Carlos no había intentado, con la suya, indagar dónde estaba ella. Vio a Carlos retirarse hacia la casa, seguramente hacia los baños. Cristina hizo lo mismo sin dar explicación a su prima que aún intentaba localizar a su prometido.

La puerta del baño que daba al cuarto de su abuela estaba cerrada, así que salió al corredor y entró por el cuarto que fuera de su padre y ahora de huéspedes. Giró el picaporte y la puerta cedió.

Había la posibilidad de que fuera otra la persona que ocupara el tocador, pero no se paró a pensarlo. Reconoció el traje gris de franela de Carlos, que estaba de espaldas. Pasó el cerrojo sin hacer ruido mientras él se abotonaba la bragueta, le tapó los ojos y comenzó a mordisquearle el cuello. Carlos, atrapado, alcanzó a jalar de la cadena y repeló asustado: «Aquí no, Cristina».

—Si a ti te gustan mucho los baños, ¿o temes que te vea la flaca esa?

Carlos volteó hacia Cristina y se topó con esos labios jugosos que en su sano juicio trataba de olvidar. Eran una condena. Se prendió a ellos, robándole las palabras y el aliento.

—Nos vemos en la bodega, en la pila de las uvas —agregó vencido.

Desde el alero del pasillo Cristina vio a Mercedes con Paulino y a Olga que, sin localizar a su interlocutor, se retiraba del calor de las llamas que había resistido por la compañía de Carlos. Era momento de escabullirse a la bodega. Algunos grupos conversaban desparramados por la cuesta de la casa hasta la línea de sabinos que bordeaba el camino a la vieja bodega. Se dirigió hacia allá, pero tuvo que detenerse al encontrar a la tía Ausencita, la única que solía mirarla con desconfianza. No le parecía normal que una chica tan guapa, a los veintidós años, no tuviese interés en algún muchacho. Ella, a la edad de Cristina, ya había tenido a sus dos hijos mayores. Eso de que la juventud era otra no le cuadraba muy bien. Le parecía demasiado alegre para su aparente aislamiento. Cristina pudo alejarse después de tres frases amables gracias a la interrupción de la Chata Miranda que abordó a la tía. Cristina empujó la puerta de atrás de la bodega. La madera, tantos años frotada con zumo de uva, rastrojo y resina, exhalaba olores dulces.

Caminó a tientas en la penumbra de esa nave húmeda donde se alineaban los barriles. No recordaba haber entrado más que de la mano de su abuelo, que le daba a comer uvas mientras revisaba cada tonel. Al final, en un cuarto menudo con una pequeña ventila a lo alto, estaba la pila de uvas.

—Carlos —susurró temerosa.

El tío apareció por detrás de ese apiladero y la llevó adonde una enorme tinaja de madera, rebosante de racimos amoratados, aguardaba su turno en la prensa. Entre el vapor del fermento, Carlos le desabotonó el vestido y se lo quitó con cuidado de que no se manchara, lo colgó de un clavo en la pared. Cristina se desprendió las medias del liguero blanco y las deslizó una por una mientras Carlos se quitaba el saco y con los brazos cruzados observaba los muslos que iban mostrando su blancura carnosa. Se desvistió deprisa colocando sobre la silla desvencijada su traje inglés, la corbata y la camisa, para alcanzar a Cristina antes de que se despojara de la ropa interior. Cuando alzó la vista destacaba su desnudez fantasmal entre el vaporcillo húmedo del almacén.

Carlos se acercó y con un empujón suave la tumbó sobre las uvas de ese verano. Luego la contempló alba y apetitosa entre el rubor de los racimos. Le miró los pechos y el pelo claro del pubis entre el jugo bermellón que enmarcaba su silueta. Se hundía lentamente como una estatua de mármol en el colchón de frutas. Carlos dejó caer su cuerpo conmovido sobre la mujer, acompañado del sonido de membranas de las uvas que mudaban la pulpa por líquido.

Con el pañuelo blanco de Carlos ambos se limpiaron el zumo de la piel y se vistieron en silencio mientras el frío ocupaba lentamente sus cuerpos apaciguados. Carlos salió primero, con ganas de perderse entre ese bosque de nogales deshojados para repetir una y mil veces la estampa del cuerpo alabastrino sobre el zumo naciente como un acto de adoración. No concebía amar a nadie más de esa manera, no concebía estado más completo. Con otras mujeres lo demás era posible, pero no el éxtasis adictivo de estar con Cristina.

Afuera el sol se repartía color mandarina sobre los lomeríos de laja y huizache detrás de la vieja casona. Allí la luz todavía se detenía, en los nogales todo era sombra. Cristina volvió junto a su prima Mercedes como si viniera de conversar en otro corro.

—Juanito, me sirve un poco del cabrito —pidió al tiempo que se incorporaba, haciendo mal tercio, entre Mercedes y Paulino. Los tenía que usar de parapeto en lo que recobraba el aliento y desdibujaba la sonrisa de la felicidad cuyo origen nadie sospechaba.

—¿Dónde estabas? Te buscaba tu papá.

—Me dolía la cabeza, nunca bebo vino. Así que me fui a recostar al cuarto que era de Carlos.

El puro nombre la ruborizó, pero Mercedes no lo vio, se fijaba en el brazo de su prima.

—Traes el brazo chorreado de vino.

Mientras Cristina intentaba limpiarse las huellas secas del encuentro en la bodega, Paulino miraba a lo lejos.

—Ese Carlitos anda muy platicador con su excompañerita.

—A ver si se casa y se le bajan los humos de rompecorazones. Dicen que en Bermejo la Tony Francis del burlesque se muere por ser su querida y siempre acaba en sus piernas después del show —añadió Mercedes.

—Puras habladas —contestó Cristina irritada por la indiferencia de Carlos, que en verdad parecía pasarla bien con aquella mujer desgarbada—. Sería tonto si se casara con esa.

—Andaría en Buick y cada año en París, y en el doble hélice de don Gustavo —dijo divertido Paulino, que bien conocía las debilidades de su amigo.

—¿Y luego qué, meterse en la cama con esa mocha? Yo creo que el tío Carlos es bastante fogosito —dijo Mercedes divertida.

Cristina se sintió incómoda con la conversación y con la vista de los compañeros de pupitre, solteros, sentados codo a codo sobre la banca de fierro.

Nada más faltaba, pensó, y aceptó otra copa de vino que le ofrecía Juanito. El olor la reconcilió con el rato compartido y al beberlo se aseguró de la posesión de Carlos; no conocía otra manera de amar.

7

Dos semanas de ausencia, repeló Cristina. Dos semanas en que el muy engreído iba y venía de Bermejo y no encendía ni apagaba las luces del coche al llegar. Dos semanas en que ella husmeaba en la covacha a horas insólitas por si la consigna del encuentro hubiese cambiado. No se había tallado el tanino que manchó sus nalgas el día del almuerzo, quería sorprenderlo cuando la tuviera desnuda sobre él entre el triquerío de su escondite. Dos semanas sin ir a montar, dos semanas en que la mancha perdía color y en que Cristina rabiaba.

Abominaba la clase de costura, le parecía una labor sin sentido. ¿A qué hacerse tantos modelitos? Tampoco tenía hambre ni ganas de levantarse, pero Mercedes acababa siempre por convencerla. A rastras se la llevaba con Rosa Güemes, la modista de San Lorenzo. Ese día regresó sola; Paulino había alcanzado a Meche para invitarle un helado. Insistieron a Cristina que los acompañara, pero ella sin ganas rechazó la propuesta.

Volvía a casa abrazando el bolso de costura, con su suéter rosa pálido sobre los hombros y la falda larga con abertura a un lado que ella misma se había hecho. Cruzaba la plaza cuando escuchó su nombre.

Se detuvo en seco, Carlos hizo a un lado el periódico y con la mano le indicó que se acercara adonde le boleaban los zapatos. Lo miró sorprendida y triste, ya no enojada como aquella vez que lo esperaba para ir a montar. Se sentó en la banca junto a él. De pronto sintió el dulzor del sol de la tarde y la placidez de estar con Carlos en una banca del parque. En esos tres años nunca lo habían hecho. Antes, de niña, cuando el tío Carlos la llevaba con Enrique a las nieves, siempre se sentaban a tomarla en una banca.

—¿De dónde vienes? —pregunto cortés.

—De la costura —dijo cortante, temía desembocar en los reproches.

Carlos entendió y se adelantó:

—Tuve que arreglar varios papeles del servicio militar, los domingos estamos todos los hombres confinados a marchar. Estamos en guerra, ¿sabes?

—Y esa guerra qué tiene que ver con nosotros —contestó Cristina, herida por la indiferencia de esos quince días.

—Tienes razón. Te recuerdo entre las uvas —añadió sin cuidar sus palabras frente al bolero.

Cristina miró al joven que, chirriando el trapo estirado sobre la punta del choclo, ni siquiera alzaba la vista.

—¿Hoy irás al club?

—Sí, estate atenta a mi regreso.

Cristina le dio un beso, casi niño, en el cachete, muy muy cerca de los labios y se alejó alentada por la promesa del encuentro. México en guerra, se fue pensando como quien evoca el último estreno en el cine, e imaginando la cara de Carlos cuando descubriera la huella del tanino en su piel.

Pasó por la casa de su tía Ausencia, desde la ventana se veía la lamparilla encendida sobre la mesa de juego. Seguro estaría su madre. No había tarde en que las mujeres no se reunieran al rummy mientras los hombres bebían en el club. Estaba tan contenta que dio con los nudillos en la ventana. Por entre los visillos observó las caras que, mirando hacia la ventana, descifraban quién podía estar del otro lado. Agitó las manos en despedida, pero su madre, una vez que reconoció a su hija, hizo ademanes de que entrara.

—Tan bonita —dijo Ausencia.

—Tan extraña —contestó la madre—, nadie le parece bien. Ojalá con esto despabile y sea ella la futura novia del pueblo.

—Es por tanta película —dijo doña Ausencia, que había crecido sin cine ni radio.

Cristina entró en el salón, parecía un concilio de mujeres. Las cuatro voltearon a mirarla. Las cuatro pensaron que en verdad era una chica llamativa y que tenía un estilo particular de vestirse y de moverse. Coincidieron en que en algo se parecía a las mujeres del cine.

La chica se acercó y dio besos a su madre, a su tía Ausencia, a su abuela y a su tía Lola.

—Siéntate porque ahí te va un notición —dijo su madre.

Cristina alcanzó a acomodarse en un taburete junto a la mesilla de juego. Las demás volvieron las caras al abanico de cartas en sus manos.

—Tío Carlos y Olga se casan.

Cristina se quedó impávida. Sabía que esperaban su respuesta jubilosa, incrédula, y todo lo que sentía era un frío inmenso correrle desde los pies hasta la nuca.

—¿No dices nada? —preguntó intrigada Ausencita.

—Ya podía haberse escogido a otra —reprochó irremediablemente y conteniendo las ganas de salir a toda prisa.

Respiró hondo y se sintió adherida, como un botón, a ese taburete. Después de escasos segundos de prudencia dijo que tenía que acabar un vestido.

Entrada la noche cerró las cortinas de su cuarto. No esperaría la señal de los faros. Cogió la toalla, el camisón y su bata y se fue hacia el baño. Pasó al lado del cactus arbóreo y siguió de largo. Antes de atrancar la puerta miró el camino tantas noches recorrido, el sendero estrecho entre los arbustos que llevaba al cuarto de trebejos. Se topó por primera vez con la desolación. Bajo el chorro de agua entibiada por los leños se frotó el cuerpo que estrenaba su abandono. Cuando llegó a las nalgas todavía púrpuras las restregó una y otra vez hasta cambiar los

8

La tía Beatriz vivía en la Ciudad de México y sólo regresaba a San Lorenzo durante las vacaciones. Así que fue cuestión de empacar a toda prisa esa mañana, ir a la caseta a intentar la llamada con tía Beatriz y suplicar a Enrique que la llevara a Bermejo para tomar el tren.

Dijo a sus padres que se enteró de un curso de alta costura que había recomendado la maestra y que, además, hacía mucho la tía insistía en que la visitara. Ese era el momento. Como la prima de su padre era de toda confianza no hubo inconvenientes para el viaje de la jovencita.

Al principio, Enrique se resistió a llevarla a la estación, después pensó que tal vez podría aprovechar para arreglar algunos asuntos en la ciudad.

—¿Por qué tan de pronto este viajecito a la capital?

—le preguntó a su hermana que se notaba visiblemente nerviosa—. Si nunca quieres salir de San Lorenzo.

—Ya es hora de que salga. Podré ir al cine todas las tardes a ver películas diferentes.

Enrique sospechaba. Recordaba la mirada y la cara rojiza de su hermana cuando volvió de montar después de aquella tarde de plantón del tío Carlos. Adivinaba la luz en su rostro cuando el tío estaba cerca. A Carlos se le notaba menos, lo disimulaba con ese puro que le escondía los pensamientos. Pero alguna vez le había descubierto un gesto de candor y deseo al mirar a Cristina. Enrique no sabía aún que Carlos y Olga Fonseca se iban a casar, de otra manera no hubiera preguntado. Lo supo más tarde, esa noche de brindis familiar mientras Cristina cenaba a solas en el carro comedor del pullman. La vía férrea se imponía larga y tiesa como una barrera entre su amor por Carlos y su necesidad de sobrevivir.

El arrullo del tren y las sacudidas bruscas nunca la dejaron dormir del todo. De cuando en cuando alzaba la cortina para mirar una planicie oscura y fría. Antes de que amaneciera, sonó la campanilla anunciando el próximo arribo a la capital. Cristina se lavó la cara, se acomodó el pelo y se vistió. Salía el sol cuando el tren alcanzaba los primeros caseríos. Fuera de la estación dio una moneda al maletero y tomó un taxi para la colonia Juárez. La ciudad despertaba y el asombro ante el cochería y la anchura señorial de la avenida Reforma la tenían absorta. Cuando se dio cuenta de que la última media hora no había pensado en Carlos, se convenció de que haber venido era la mejor decisión.

Tía Beatriz vivía en una hermosa casa afrancesada en la calle Bruselas. Recordó su visita hacía cinco años cuando aún vivía su marido, el doctor Gallegos. Habían venido Enrique y ella a pasar una semana, en contra de su padre que decía que con Cárdenas la capital era peligrosa, pero con mucha insistencia de sus tíos que se preparaban para la recepción del exilio español. El doctor Gallegos consideraba un honor la presencia de eminentes científicos con los que fundaría una revista médica, pionera en el continente americano.

Cristina golpeó la aldaba de la puerta y una chica de uniforme azul marino la hizo pasar al despacho contiguo a la entrada. La muchacha le ofreció un café «mientras bajaba la señora»; Cristina aceptó gustosa. Recorrió el que había sido el despacho de su tío, los diplomas y las fotos. En una aparecían él y la tía Beatriz jóvenes entre los viñedos de San Lorenzo. Allí se conocieron. Él era de la capital y había ido a San Lorenzo con un investigador alemán. Buscaban una cactácea de la cual extraer cierta sustancia para un medicamento. El doctor Gallegos sabía de flora desértica; el alemán, de principios activos. Entre los dos averiguaron que la Sierra de Main, que bordeaba San Lorenzo, albergaba especies endémicas, biznagas únicas donde tal vez se concretase el hallazgo.

En San Lorenzo, a pesar de que se les pensó algo extravagantes, se les acogió como embajadores que daban lustre al poblado. Los Velasco, Fonseca y Bermúdez se peleaban la hospitalidad de estos aventureros que tal vez dieran nueva gloria al imperio vilipendiado durante los años de la Revolución. Se asombraban de que hubiera un horizonte de riqueza escondida más allá de sus campos de vid y algodón y de sus mesas de nogal donde tomaban el té o la copa. Nunca habían tenido curiosidad por explorar ese desierto plagado de formas vegetales.

Joaquín Bermúdez, padre de Beatriz y hermano de doña Ausencia Bermúdez de Velasco, consideró la posibilidad de asociarse con el alemán, así que no reparó en invitaciones a cenar, a los ranchos, y prestó a sus mejores peones para las travesías en la sierra. Mientras, el doctor de la capital fue caldeándose bajo los ojos negros de su hija, Beatriz Bermúdez. Francisco Gallegos se atrevió a invitarla a una de las excursiones. Como el interés de don Joaquín y la insistencia de su hija iban de por medio, el permiso fue concedido.

Don Joaquín los acompañó a caballo hasta el nacimiento de la sierra de laja y persignó a su pequeña.

—Me los cuidas —le ordenó a Eustaquio, el más recio para el monte.

Volvieron de noche, con el cielo constelado sobre sus cabezas y con los animales cargados de biznagas, peyote, órganos y toda clase de vegetales que interesaban a los forasteros y que Eustaquio desprendió de la tierra. Después de tantas horas de acompañar a Francisco Gallegos, Beatriz apenas pudo resistir esa noche sola. Lo mismo debió ocurrir al doctor pues para la tarde, después de haber pasado la mañana ordenando la colecta del día anterior con Beatriz a su lado raspando la tierra de las raíces, pidió permiso para casarse con ella. Omitió preguntarle a Beatriz, pero la omisión acabó por consumar la seducción del encuentro: Beatriz había aceptado de antemano.

Francisco Gallegos nunca encontró la sustancia que el alemán pretendía, en la búsqueda dio con otras. No quiso quedarse en San Lorenzo, ni preguntó a Beatriz si se iría a la capital con él, pero ella jamás lo lamentó. Lo que extrañaba Beatriz Bermúdez era ese desierto que aprendió a ver al lado de su marido, el que se habían traído en frascos y fotos y que exhibía en ese cuarto sombrío.

Allí, entre las cactáceas comprimidas en frascos acuosos, la historia de la tía viuda pareció tener más sentido. Tal vez lo que le hacía falta a Cristina era un extranjero para salir de San Lorenzo, para dejar de necesitar a su pariente y vecino próximo a casarse. Qué ganas de contarle a la tía Beatriz, qué envidia le daba su amor. Cuando la tía Beatriz entró en el despacho, recién arreglada y con esos ojos negros vivaces, le impactó la dignidad de su viudez.

—Hola, sobrina, no habías vuelto desde que murió Francisco.

—No, tía, vine hace cinco años. Pero el despacho está idéntico.

—Lo tengo igual que cuando él vivía. A veces entro y me pongo también a mirar los frascos y las fotos. Me siento en la silla de piel como si fuera el doctor Gallegos y me recuerdo a mí misma como si lo hiciera él. Me pongo a figurar qué era lo que veía en mí, tan chiquilla y apantallada, mientras caminábamos en el desierto. Lo hago para rozar la manera en que me quería.

Cristina la miró conmovida. En San Lorenzo nunca hablaba así. La recordaba jugando cartas y bebiendo té como su abuela, sus tías y su madre.

Agradecía la confesión.

—¿Lo extrañas mucho? —se atrevió.

—Sí, pero sobre todo me complace haber sido su mujer. Bueno, dejemos de tristear y vamos a que desayunes, esos trenes llegan en horarios inhumanos. Estarás muerta de hambre.

Desayunaron y hablaron de San Lorenzo, donde Beatriz volvía cada verano. Se hicieron las preguntas de rigor y luego la tía preguntó la razón del viaje de su sobrina.

—Ganas, tía, quería distraerme. Ir al cine, exposiciones, tiendas.

—¿Por qué de pronto y no en estos cinco años?

—Nada más.

—A mí no me engañas. Mal de amores.

—Un chico —contestó Cristina sin creer prudente explicar más.

—Esto se arregla. Hoy nos vamos al centro de compras y a comer en Lady Baltimore. ¿Te parece? Y por la noche a ver *Rebeca*, la acaban de estrenar. ¿Sabes?, tienes un aire a Joan Fontaine, la que hace de Rebeca. ¿Leíste el libro?

Cristina no leía más que las revistas y los subtítulos de las películas. Pero sí que sabía de la película, ya la habían anunciado por radio, era una buena historia de amor, lo que a ella le gustaba, a pesar de que Carlos se burlaba y prefería las de guerra. De todos modos no podían ir juntos al cine.

9

Beatriz había sido excelente anfitriona. Tenerla toda para ella era conocerla y gozar la Ciudad de México a la que la tía se había aficionado de tal manera que no pensaba volver a vivir en San Lorenzo.

No faltó día en que no hicieran algo: la ópera en el precioso Palacio de Bellas Artes; comer en el hipódromo con unos parientes del tío Francisco; ir al Hotel del Prado por una copa y fisgonear el mural donde Diego Rivera escandalizó con su «Dios no existe»; viajar en tren a San Ángel para ver las momias del Convento del Carmen; saludar a diario las eternas nieves de los volcanes y el verde de los bosques cercanos. Pasear por Reforma hasta el Castillo donde vivieran Maximiliano y Carlota; comer en sitios tan chic como el Prendes. Hartarse de oír *Solamente una vez* en el radio de todos los taxis; ir de compras a El Palacio de Hierro y llegar a ver a la mentada María Conesa en el Lírico.

Cómo no olvidar su despecho por Carlos en estos días de embriagarse con «la ciudad de los palacios». Cómo no aborrecer su desapasionada forma de vida, cuando necesitaba su apasionada forma de amarla. Aquí los amores prohibidos se volvían realidad, cada quien amaba a quien quería: María Félix, después de haber estado casada con Agustín Lara, que la volvía canción y eternizaba su belleza, se casaba con Jorge Negrete. La hija del general Mondragón se enamoraba de un pintor viejo y dejaba a su marido. El público que se espantaba, agradecía el escándalo: las pruebas de vida. Había sido tal el contagio vital de la ciudad que se atrevió a leer un libro de poesía en la recámara que le dieron. Le hubiera gustado escribir uno a ella que no había vuelto a tocar la pluma desde la secundaria más que para las anotaciones de la clase de corte. Copió un poema que le gustó de un libro de tapas verdes. Rainer María Rilke era el autor, no supo si se trataba de un hombre o una mujer. Lo leyó sorprendida de que alguien compartiera sus sentimientos:

CANCIÓN DE AMOR

¿Cómo he de sujetar mi alma, que no
toque la tuya? ¿Cómo dirigirla
por encima de ti, a las otras cosas?
Ay, bien preferiría, a algo lejano,
perdido en la tiniebla, someterla,

en un extraño sitio en paz; que no
temblase cuando tiemblan tus entrañas.
Pero cuando nos toca a ti y a mí,
nos une, como un arco de violín
que de dos cuerdas saca una voz sola.
¿En qué instrumento estamos los dos tensos?
¿Qué músico nos tiene entre sus manos?
¡Oh, qué dulce canción!

Tenía que reconocerlo, la ciudad atizó la ira de su corazón. Pero la había provisto de imágenes y palabras, música y atardeceres distintos como para que no nada más se la tragara el polvo seco del desierto o su almohada de señorita rica, inútil, sin más oficio que el uso de las tijeras, la aguja y el dedal, sin más vocación que ser la mujer de alguien. Tenía coraje de ser de San Lorenzo, de la tibieza del temperamento de Carlos, de que existieran mujeres como Olga Fonseca, y de haber conocido el placer como testimonio vital, para tener que renunciar a él y morir un poco.

Hacía rato que el tren había salido del andén donde se quedó la tía Beatriz con sus ojos color capulín, generosos como esos días compartidos. Sería de las escasas afortunadas que habían gozado un amor correspondido; sería de las pocas que en la viudez encontraban sentido al amor cosechado, pensó Cristina. La vio agitar la mano mientras se llenaba de la desesperanza de su propio destino. Por la ventana, se topó con unas letras garabateadas en una barda, donde seguramente alguien las había puesto para que los pasajeros del tren las leyesen y mascullasen durante el viaje. Escritas en rojo como una señal de alerta leyó: *Líbranos señor de la mediocridad.* Parecían puestas allí para que Cristina Velasco las calase y buscase el significado de la palabra mediocridad que le sonaba a medio, insulso, ocre, tibio. Le sonaba a Carlos, que no era capaz de transgredir las normas con la fuerza de su amor, que se casaba, a pesar de amarla, con una mujer inapetente que le permitía continuar su arraigo y acrecentar su fortuna en San Lorenzo. Le sonaba a Cristina, tan incapaz de actuar. Ella se empequeñecía con ese amor que la había inyectado de vida y dado un empeño a los días. Todo se reducía a la grandeza de sus actos de amor clandestino; las actitudes no correspondían a la dimensión de esa dicha. Si no era capaz de atentar contra los principios acomodaticios de Carlos, si no podía él proclamarla su mujer, su amante por todo lo alto, ¿quién era ella? Ella quería ser canción, cuadro, novela. Y no era más que una mujer bella, esa era toda su posesión y orgullo. Y la belleza juvenil, bien lo sabía ella que había visto el óleo de Ausencita joven, ahora una mujer basta y de rostro estragado, era pasajera.

Tal vez, pensó mientras el tren devoraba el horizonte, debería regresar a la Ciudad de México. Buscar un trabajo, vivir con la tía Beatriz y sólo visitar San Lorenzo en los veranos.

Mirar a Carlos con displicencia, o con la distancia de la sofisticación capitalina. Habría otros hombres, algunos más que en San Lorenzo desde luego. El viaje le había hecho bien, regresaba con la sensación de un cambio, de que no iba a pasar las noches añorando los faros del coche bajo su ventana y los besos de Carlos robándole el aliento. La venció el cansancio de las tantas cosas vistas. Sus ojos cargaban la perspectiva de los edificios, las avenidas y los parques; sus oídos, los ruidos a los que no estaba acostumbrada. El tintineo en el pasillo la despertó bruscamente cuando el arrullo estaba en su apogeo y el cuerpo sedado. Espió por una rendija de la cortina el amanecer que se extendía rosado en el desierto. Estaban por llegar a Bermejo. Se vistió deprisa, estrenaba un traje color vino con el cuello alto abotonado. Se cepilló el pelo rizado, detenido con una peineta del mismo tono del traje y se pintó la boca. El tren disminuía la velocidad, se oyó el chirriar metálico de las ruedas deteniéndose sobre las vías. Después, el silencio. Seguramente Enrique o su padre estarían por ella. Había llamado la noche anterior. Cada vagón liberaba su carga de pasajeros y el andén se agitaba con los maleteros y los familiares que venían a recibir a los viajeros. Cristina miró para ambos lados. Enrique y su padre eran altos, esperó reconocerlos con facilidad. No los vio de primera intención, así que caminó arrastrando su maleta hacia el pasillo de salida.

Se lo topó de frente. Cristina lo miró impávida, sin gusto. Carlos se acercó a abrazarla. Cristina soltó la maleta y dejó los brazos lacios. Tenía coraje.

—¿Por qué vienes tú?

—Porque venías tú.

—No me hagas esto.

Carlos no contestó, hizo señas al maletero para que les ayudara y tomó a Cristina del brazo dirigiéndose a la calle.

Preguntó sobre la ciudad, cómo estaba la tía Beatriz, qué habían hecho. Todo en un tono de cortesía que resultaba ofensivo para Cristina.

—¿De veras te importa —explotó por fin— ahora que estás tan ocupado con tu boda?

—Te lo explico —contestó Carlos con la voz apagada.

Subieron al auto en silencio y cruzaron la ciudad de cantera rosa también en silencio. Ya en la carretera, Carlos se atrevió a quebrar esa distancia helada.

—Estás muy guapa.

Cristina no respondió, miraba las yucas como mujeres de cuello largo flanqueando el camino. Contenía la desazón que delataban sus ojos lacrimosos.

Carlos detuvo el coche a un costado de la carretera. Volteó hacia Cristina y le dijo que la quería y la había extrañado como un perro.

—No te creo —respondió indiferente.

—Entiende, preciosa, amor de mi vida, me caso para no perderte.

—¿Qué dices?

—Contigo no me puedo casar. Tedríamos que huir de San Lorenzo, del mundo, perder nuestro patrimonio. En el rechazo de los demás acabaríamos por echarnos en cara nuestra torpeza, nos odiaríamos.

—Yo nunca —susurró Cristina con la voz quebrada.

—Casado con Olga, a quien no quiero, quien no me gusta, a quien ni siquiera tengo que hacerle el amor, con ella viviendo en San Lorenzo, te puedo seguir amando, teniendo como hasta ahora.

Cristina se quedó mirando a lo lejos. Lo imaginó de pronto en la misma cama que esa mujer sin gracia.

—No te quiero perder nunca. Estos días he muerto un poco de saberte lejos —le dijo Carlos.

Cristina pensaba en el letrero de la estación en México, en la colita del mensaje. El mediocre se volvía ocre como el día a pleno sol. Sin lograr que Cristina lo volteara a ver, Carlos insistió:

—Puedo tener otras mujeres; en Bermejo son guapas y hasta ricas. Pero te quiero a ti, y ésta es la única manera de permitírmelo.

Cristina despegó la vista del horizonte de abrojos y encontró en esa cara desesperada y traviesa un remanso, el horizonte que le correspondía. Sin mañanas en bata y pijama, sin noches enroscadas cuerpo a cuerpo, con la zozobra permanente del encuentro. Con la zozobra como rutina.

Carlos la jaló hacia él y besó la boca tibia que cedía a su ofrecimiento.

10

Durante la boda, Carlos pudo perderse entre los familiares y amigos al ritmo del beguín y el chachachá que tocaba la orquesta con la marea incesante de las copas permanentemente ocupadas. Había aceptado las obligaciones que la Iglesia, el Estado y su hombría le imponían para con su mujer. Pero sabía que su vida no se trastocaría demasiado. Cumpliría con las formalidades de familia, como tener que ganarse el cariño de un suegro-abuelo renuente a ceder fuero en sus negocios y acompañar a Olga a misa todos los domingos. Pero finalmente la vida marital se ceñiría a lo conocido: Olguita pasaría las tardes jugando cartas con las mujeres de la casa, entre sorbos de té helado en verano y té caliente en invierno; no cejaría en su interés por catequizar a los niños del pueblo en peligro de herejía permanente y en salvar a los obreros de la textilera, en la que su abuelo era socio fundador, de su vida pecaminosa.

Menos mal que la belleza de Olga Fonseca no era un atentado porque su voluntad sí. Desde niña sabía que era con Carlos Velasco con quien había de pasear en ese pueblo que nunca le dio crédito a sus virtudes en la conquista amorosa. Carlos sabía muy bien que casado con Olga Fonseca podría seguir con sus viajes a Bermejo y sus parrandas en el club Bellavista. Sus horarios entre viñedos y negocios seguirían siendo turbios y estarían fuera del control de su mujer. Podría frecuentar el cuerpo de su veneración.

Esta vez su actuación fue más torpe que las anteriores. Buscó insistentemente con la mirada a Cristina, para encontrarla siempre renuente a una sonrisa o un guiño cómplice. Desde que se había ido a la ciudad temió perderla, temió que se fuera a la capital donde cualquier hombre la podía codiciar y, aun, seducir. A tantos kilómetros, Carlos estaba en desventaja. El mundo fuera de San Lorenzo se había llenado de posibles amantes, rivales en la posesión de esa carne blanca y esa humedad olorosa a especias maceradas, identificable en la comunión, existente sólo en el trance del deseo. Ese viaje marcó el triunfo de su deseo amatorio por Cristina Velasco, su sobrina, la mujer que los hombres de San Lorenzo miraban con esperanza o lascivia. La Ciudad de México le parecía estar llena de olfatos sagaces. El círculo de aristocracia científica de la tía Beatriz atentaba contra su seguridad, pensaba en su fineza por carta de presentación y la seducción por estocada final.

En un momento de euforia general, cuando la novia era felicitada por su familia, muchos venidos de Bermejo, Carlos midió el terreno con vista de lince y se acercó a la mesa de su hermano Alfonso.

—¿Me permites bailar con mi sobrina? —preguntó a éste—. Claro, si la señorita quiere.

Cristina intentó voltear hacia otro lado, escapar con los ojos de esa afrenta.

—Hermano, si no es ahora, ¿cuándo? —bromeó el padre de Cristina.

—Qué remedio —dijo Cristina para disimular mientras caminaba del brazo de su tío a la terraza del Bellavista.

El *swing* permitió aflojar el nerviosismo y no tener que cruzar palabra, pero enseguida tocaron *Bésame mucho* y las parejas se enlazaron. Cristina se dejó ceñir la cintura por Carlos mientras él le susurraba al oído que de azul marino era irresistible, que su belleza era su perdición, que la quería poseer allí mismo, frente a todos. Cristina sonreía triunfal. Había aceptado las reglas de Carlos. Por encima de los hombros lanzó una mirada a la mesa de los Fonseca. Se cruzó con la de Olga, que intimidada, bajó los ojos.

Mientras acompañaba a Cristina a la mesa, Carlos dejó deslizar algo helado por el escote de la espalda del vestido.

—Se veían muy bien —dijo Alfonso, cuando Carlos agradeció a Cristina el placer.

Cristina pegó la espalda al respaldo de la silla temiendo que lo que hubiera puesto Carlos escurriera por su cuerpo hasta el piso. Después de un rato caminó al baño exageradamente derecha. Se subió el vestido y sacó del resorte de su pantaleta la pulsera que allí se había atorado. Una pulsera de zafiros azul marino como el color de sus ojos, como el vestido con el que Carlos más la deseaba. Se la puso en la muñeca y salió altiva.

11

Carlos había sido muy respetuoso, extremadamente. Al principio Olga lo agradeció. El beso de las buenas noches, mi vida, y cada quien en su lado de la cama de blancas sábanas. Olga con su camisón de cuello alto y manga larga; Carlos con su pijama de seda color crudo. Ningún intento por parte del nuevo marido de abrazarse siquiera al cuerpo temeroso de Olga, mucho menos procurar manoseos más audaces. Sin embargo, un mes de semejante conducta ya no era del todo cómodo para Olga. No que tuviera ella alguna inclinación o curiosidad por el sexo, no que deseara explorar las respuestas de su cuerpo como receptáculo de la virilidad que suponía insaciable en los machos, su incomodidad era más bien de índole moral. Como mujer había ciertas funciones a las que el matrimonio obligaba, como la maternidad y la satisfacción del cónyuge. Ella dudaba mucho que Carlos no tuviese apetito alguno que saciar y, por otro lado, el abuelo había condicionado la herencia de la fortuna, sus campos blancos y esponjosos, a la progenie del nuevo matrimonio. Varón, preferentemente, si no por lo menos alguien tan varonil como su adorada nieta.

Algo no estaba del todo bien para Olga. Si establecía como costumbre compartir la cama fraternalmente, no habría poder que con el tiempo, a la vejez, cambiase los hábitos nómadas de Carlos y la vagina inservible de Olga. Había que hacer algo. Así es que esa noche la esposa de Carlos Velasco tardó más de lo común en salir del baño. Antes esperó a Carlos en la salita y lo acompañó mientras bebía un coñac y fumaba un puro, a pesar de que el olor le era insoportable. Se quitó la ropa en el baño como de costumbre y con el agua tibia del aguamanil se frotó las axilas y el pubis, luego salpicó su piel con la colonia de azahares.

Su cuerpo le daba vergüenza. Los senos eran grandes y su espalda demasiado estrecha para cargarlos, hacía tiempo que colgaban abandonados sobre su talle largo y escurrido que seguía en un continuo hasta esas piernas también largas y delgadas. Odiaba su cuerpo. Más se parecía al de un Cristo huesudo que al de una María Magdalena, no era de manera alguna un cuerpo para la penitencia. Había que esconderlo bajo sayas. Aún así debía provocar a Carlos, su marido, que habría tenido entre sus manos, entre sus piernas, sobre su sexo, las mujeres más suculentas, las prostitutas más experimentadas de Bermejo o de San Antonio, tal vez de París. Sus pensamientos la inhibían y no había más que tragarse la vergüenza. Al fin y al cabo, ese hombre mundano estaba en su cama, bajo el horizonte de su fortuna algodonosa, sólo faltaba la manera de que fuera suyo.

Salió desnuda a la habitación oscura. Carlos estaba metido en la cama y volteado hacia el muro contrario. Debió pronunciar su nombre para que él, azorado, se la topara, como a una oscura visión, de pie, entre la cama y la puerta del baño. Mientras la miraba perplejo, sabía que era un reclamo al que no podía negarse, era una exigencia de esposa a la que su sexo flácido debía responder. Era la demanda de toda la familia Fonseca que atentaba contra su hombría, su capacidad de abultar vientres y poblar los viñedos y algodonales de San Lorenzo, protegiendo los parabienes que los gobiernos cada vez más requisaban y mermaban. La desnudez retadora de ese cuerpo cetrino le provocó cierta ternura.

Hizo un gesto para que Olga se acercara a la cama y se tendiera a su lado. Mientras ella cerraba los ojos, Carlos se dispuso a un acto casi didáctico, seguro de que todas las sensaciones que él provocara eran nuevas para esa mujer nunca antes entregada al placer. Ese papel de conquista, de pisar tierra nueva, mientras lograba la dureza de los pezones, lo excitó. Bajó su mano al pubis despoblado de Olga y metió los dedos buscando la respuesta simultánea de un clítoris erecto. Olga apretaba las quijadas conteniendo el calor que la invadía, ahogaba los gemidos del placer que descubría como algo ajeno y diabólico. Entonces Carlos se quitó deprisa el pantalón del pijama y aprovechó la erección de su sexo para horadar el himen de la mujer que le brindaba su virginidad. Costaba vencer esos músculos temerosos, esas piernas que poco a poco fueron abriéndose, esa humedad que a secreciones tímidas fue lubricando el camino al puerto nuevo. Allí, a toda prisa, entre el placer de la contractura sobre su pene, la dificultad del trayecto y cierto olor a sangre y azahar, Carlos vertió sus genes Velasco en esa vagina Fonseca, húmeda, ahora sellada como territorio exclusivo del conquistador.

Carlos inauguraba un nuevo placer. Con Olga, el puro peso de la tradición y la continuidad forjaban un lazo que Carlos no había contemplado. Más allá de que su matrimonio funcionara como parapeto de su amor por Cristina, comenzó a desear a Olga, excitado por la visión de sus labios apretados en la lucha en que se debatían el reconocimiento del placer y la sentencia del pecado. Gozaba al provocarla con descripciones soeces y chupando el sexo entre ese pubis hirsuto que en su boca no podía disimular la respuesta punzante. Poseer a Olga era como penetrar en la entraña de lo desconocido, como fornicar a una monja con la avenencia de su mujer, que estaba obligada a cumplir, aceptar, aguantar y esconder el gozo. Por su parte, Olga cumplía con la certeza de que había un Dios que la comprendería y la expiaría de la erección de sus pezones, del sabor a semen en su boca, de las mordidas que daba a la almohada para sofocar sus gritos. Sólo Él comprendería que era el diablo mismo quien se había propuesto que deseara el cuerpo de Carlos sobre el suyo, el pene ancho y rojo de Carlos en su boca, el pene goteando sobre sus nalgas. Sólo esas horas de iglesia la salvaban de la conjura de los demonios que se apoderaban de ella en la cocina, cuando limpiaba el hígado bajo el chorro del agua, y ese tejido membranoso y resbaladizo la hacía evocar el tacto de su propio sexo.

12

La casa de la abuela Ausencia huele a membrillo. Unas mujeres hierven frascos, otras pelan la fruta cuya acidez les irrita lentamente las yemas. Vierten el azúcar en el cazo de cobre que está en el fuego. Olga Fonseca se ha unido al rito de las mujeres Velasco. El calor es insoportable, de cuando en cuando dan grandes sorbos a una limonada que, para mitigar los calores de esta faena del verano, les prepara Gregoria.

Tres días de septiembre son obligada tertulia femenina entre los olores agridulces que vician el aire de la cocina y se meten por los poros. Cristina recuerda cuando era pequeña y la abuela la trepaba al banco y la ponía a pelar un membrillo maduro, fofo, que se deshacía en sus manos y le provocaba cierta repugnancia. Entonces escuchaba a las mujeres murmurar y reírse. Decían cosas que las niñas no podían oír. No recordaba cómo poco a poco fue escuchando esa conversación íntima, picante; ni quién le concedió el acceso a las confesiones de los ataques de tos de su padre o el sueño inevitable de su abuelo después del acto de amor; el asco que le producía a su tía Ausencita que su marido le chupara los senos y la persecución de don Gustavo tras su abuela joven entre los algodonales. Era como estar en un teatro mirando al unísono todas las camas y todos los tiempos de estas mujeres, alguna vez radiantes como en las fotos de la vendimia. Cada una había tenido su turno en la cosecha, su tiempo de racimo codiciado y jugoso. Cada una, en su ocaso, se regodeaba en las anécdotas de su reinado, que se contaban año con año para reírse de nuevo y verse tras el cortinaje del tiempo cotejando sus recuerdos. La entrada de un nuevo miembro, una boda más, con su carga de anécdotas particulares, avivaba el fisgoneo familiar.

Mientras meneaba el cazo con la cuchara de palo, Olga, que no hacía más que catequizar al pueblo y cumplir con las obligaciones familiares, la tertulia de la baraja y los días de campo del verano, no imaginaba que tendría que defender su femineidad fingiendo resignación ante el acoso de su insaciable marido.

—A ver, Olguita —se atrevió la tía Mercedes—, por allí dicen que Carlitos es un potro desbocado.

Los vapores le cubrían la cara y disimulaban una sonrisa secreta. Todas callaron, apenas se oía el meneo del líquido que empezaba a espesar.

—Lo que tengo que aguantar —dijo con un suspiro.

Cristina apretó la pulpa del membrillo entre sus manos.

—Me requiere todas las noches, sin miramientos, sin dejar respiro, y así cómo voy a engordar.

Las mujeres le contemplaban las caderas mientras ella hablaba. No imaginaban la excitación del sobrino, hijo o tío, ante esas caderas lineales y ese pelo corto y escaso.

Olga la estaba pasando bien. Era el momento de reivindicar las pasiones que podía despertar.

—Lo malo es cuando llega del Bellavista. Le da por descorchar un vino de la casa, que me chorrea por el cuerpo. Un vino frío, helado, que me despierta. Me persigno mientras él lo bebe de mi piel, dice que le gusta que yo sepa a vino, toda. Cómo arde allí, pero hay que darle gusto al marido y éste, doña Ausencia, me debió haber advertido, es algo serio.

Cristina no despegaba la cara del pellejo peludo del membrillo. Mentirosa, pensaba, lo haces para quedar bien. ¿Cómo te va a desear a ti, palo verde y reseco; cómo, si conmigo sacia esos apetitos; cómo, si a mí me ve una noche sí y otra no? Sin pensarlo, disimulando el agravio, dijo:

—Pues así ya no tardas en tener un hijo con sabor a vino.

Olga volteó, la miró entre el vapor del cazo. Había dado Cristina en el punto clave, en su preocupación de todas las noches y todos los días, la pregunta de todas las visitas a su abuelo: para cuándo, o es que tu marido no sirve, ya abre las piernas, Olguita. El abuelo, desde que Olga era mujer casada, se atrevía a los más vulgares reclamos.

Un hilo tenso entre las dos mujeres atravesó los aires almibarados de la cocina. A Olga siempre le había parecido rara la soltería de esa muchacha tan bonita y no podía dejar de inquietarse cada vez que Carlos se iba a montar a caballo con su sobrina. Pero no podía ser, no ahora que Carlos la interrumpía de sus oraciones y le hacía el amor en la penumbra y con tanta frecuencia. Olga pensaba que tenía librado el terreno de la posesión. Hubiera querido agredirla sutilmente, decirle que por vanidosa se le iba a ir el tren, pero ella no era quién para esgrimir ese argumento. Se había casado tarde cuando parecía no haber tren que la recogiera.

Las demás mujeres, atentas a su faena, lanzaron en cascada un sinfín de consejos para la concepción: comer cebollas en luna llena, no moverse durante veinticuatro horas después del acto, untos de aceite azafranado en el vientre y los pechos para «calentar» los órganos de la reproducción, cenar un caldo con epazote molido. Luego, como atrapadas por la nostalgia del vientre abultado, cada una relató las vicisitudes de sus preñeces. Sus dolores lumbares, sus apetitos desmedidos y sus caprichos gastronómicos; su mal dormir, las patadas que delataban al bebé, la ropa que usaban, lo mucho que se les hinchaban las piernas y al final los labios. Cristina comenzó a sentirse fuera, irritada. Hizo como que iba al baño y escapó de la casa de su abuela. Tenía unas ganas enormes de correr y llorar. Entró a su casa decidida. Se talló los olores empalagosos de las manos y subió a cambiarse. Era jueves, día de caballos, y antes de la hora. Pero no esperaría a Carlos. Necesitaba el galope inmediato de Serafín, su caballo. Ansiaba el sudor del animal mojando sus pantalones; sus respingos, su velocidad, el calor del sol y el polvo enredándose en su pelo. Se lanzó caminando hacia el rancho por la carretera estrecha que estaba al final de las casas de la familia.

Juanito se desconcertó al verla.

—Pero si aún no llega su tío.

—No importa, Juanito, hoy quiero montar antes, y sola —añadió contundente.

Juntos prepararon a Serafín, que también parecía sorprendido de esa visita solitaria y a destiempo. Seguramente percibía los humores de su ama, que no eran suaves y expectantes sino biliosos y explosivos.

Cristina montó el caballo negro y se echó a andar. La voz de Juanito la alcanzó.

—¿Qué le digo a su tío?

—Lo que quieras.

El mozo se quedó mirando a la chamaca mujer que se alejaba entre los nogales. La recordaba niña, siempre bonita y caprichosa, hasta altanera. Con él no, con los niños de su edad. Ella siempre era la reina, la amazona. Los despreciaba profundamente; todos eran los futuros rancheritos. Juanito, acostumbrado a la alegría que Carlos y ella desparramaban durante las tardes de los jueves, pensó que algo traía la señorita Cristina. Si antes de la boda del señor Carlos, Juanito sospechaba, ahora no entendía nada.

Cristina se lanzó al galope entre las filas de árboles robustos. Sol y sombra intermitentes le rayaban la cara. Serafín sudaba mientras ella movía el cuerpo al ritmo de ese paso brioso que le amainaba el coraje. Ella no era para hacer jaleas entre mujeres parturientas, ella no era para ese pueblo, ella no era para ser la señora de un ranchero rico, y no sabía para qué era ella, qué diablos hacía a la vera de un amor solapado, un amor de bodega, de topos. Ella que jugaba a la reina, que era la mujer a la que salvaba King Kong, ella que no tenía que pasarla mal, resultaba que sólo tenía las migajas del pastel. Llegó al borde del cerco jadeante.

Detuvo el paso agitado del caballo para serenarlo con un paseo suave rumbo al llanito donde siempre descansaban y se amaban Carlos y ella. Sintió nostalgia y un cansancio extremo. Un cansancio que le podría durar toda la vida.

Regresó despacio hacia las caballerizas. De lejos reconoció el Ford de Carlos, y lo vio hablando con Juanito. No podía darse la vuelta, la habían descubierto.

—¿Por qué no me esperaste? —preguntó Carlos extrañado.

—No quise.

Juanito, incómodo, tomó a Serafín y se retiró hacia las caballerizas con el animal.

Carlos le jaló el brazo acercándola con cierta violencia.

—¿Cómo que no quisiste?

—Está claro que también le haces el amor a ella. Soy una tonta y tú un mentiroso.

—Espera.

—Me da asco que me toques —dijo zafándose de su brazo con furia.

—Cristina, entiéndeme, cómo le voy a hacer creer a una mujer que es mi esposa si no me le acerco. No lo disfruto, es un martirio, una obligación.

—No me expliques, rancherito, me dejaste convencer de las bondades de tu matrimonio. Vete a cumplir, acábatela.

Carlos trató de pegarla contra la madera de la caballeriza para callarla con un beso como en el principio. Imposible, ya no era el principio, ni el simple enojo de un plantón.

Cristina echó a caminar de regreso a casa.

Carlos arrancó el coche y la siguió.

—Súbete.

—Odio tu coche.

—Van a decir que andas herida.

—Pues que lo digan —reventó Cristina dando puñetazos al coche y llorando incontenible.

Carlos se bajó y la abrazó, le acarició la cabeza.

—Perdóname. Si quieres ya no nos vemos.

13

La capital era la única solución para rescatar algo de ella, la lejanía, los kilómetros de tierra árida interpuesta entre sus pieles. Si una vez había aceptado como sensata la propuesta de Carlos y lo había amado sabiendo que oficialmente era el señor de otra, ahora no sentía más que rencor. Carlos era verdaderamente el señor de otra, era capaz de dar y obtener placer de esa mujer opaca y deslavada, Cristina lo sospechaba. Comenzó a hacer planes para la partida, se comunicó con su tía Beatriz y estaba en espera de que ésta le resolviera la posibilidad de trabajar con Irene Lacroix, ayudándola en la atención a clientes y aprendiendo de diseño de modas. Al principio no le pareció cuesta arriba echar a andar el motor, estaba dolida, sentía la rabia torturarla, sobre todo cuando veía las luces del Ford bajo su ventana. Entonces se tiraba en la cama boca abajo y se cubría la cara con la almohada intentando que el peso de las plumas sofocase la imagen de sus brazos rodeándola. Su corazón latía agitado, su pubis al unísono. Lo apretaba fuerte para acallarlo.

Carlos, cinco veces, acompañado de su anforita, esperó a Cristina. No pensaba que pudiese resistir el saberlo en el escondrijo, ávido de su presencia. A la tercera espera, después de una hora, lo invadió la tristeza, la posibilidad de perder a Cristina para siempre. Pateó la carretilla, dio puñetazos a las pacas de paja y regresó a casa alterado. Esa vez se lanzó sobre el cuerpo de Olga con furia. Se atrevió a decirle «abre los ojos cabrona» y a restregarle el pene sobre los labios apretados hasta abrirlos y venirse en ella abundante, cargado de la falta de Cristina. El semen escurrió por las comisuras de Olga y se extendió lento por el cuello hasta los hombros. Carlos durmió extenuado.

A la quinta semana de ausencia de Cristina en los caballos y en la cocina de la abuela, Carlos todavía fue al cuarto de trebejos. Cuidó las consignas que les habían permitido verse durante cuatro años. Apagó las luces y caminó lento, entre las matas, al cuartito que le comenzaba a producir un malestar intenso. Venía tambaleante, había jugado al frontenis en el club y había bebido algunos whiskies. Los muchachos todavía se iban para Bermejo esa noche, pero él, entre los tragos, evocó el sabor de la piel y los besos de Cristina, la intensa sensación de armonía que le producía estar junto a ella. Hizo ruido al abrir la puertecilla de madera y entró con los ojos cerrados, deseando como un niño que lo sorprendiese la presencia de Cristina. No podía creer que ella se pudiera sustraer al placer de tenerse, a pesar de la evidencia de la posesión compartida con su esposa. No había nadie y Carlos, resignado, sacó la anforita forrada de piel para dar un trago más al whisky. Se tumbó sobre las pacas en el piso, decidido a esperarla toda la noche y si no a irrumpir en la casa de su hermano y arrastrarla hasta ese cuarto de amores. Estaba dispuesto a hacer evidente la bajeza de su situación, la seducción de su sobrina y el engaño deliberado a su esposa. Los pensamientos lo asfixiaban, no había encontrado una buena salida para su amor por Cristina. Seguramente no la tenía. Escuchó la madera de la puerta crujir y asustado se incorporó. Cristina cerró la puerta tras de sí, y tardó un rato en localizarlo en la penumbra sentado sobre las pacas. Se arrodilló junto a él y apretó la cabeza hacia su pecho.

—Te he extrañado —susurró.

Carlos no buscó su boca, ni la desvistió desaforadamente como siempre. Se abrazó a ese cuerpo blanco y tibio y lloró. Cristina lo retuvo así, como a un niño pequeño, hasta que Carlos se despegó buscando otro trago de la anforita. Cristina pidió uno. En silencio, con suaves caricias, se acabaron el whisky. Entonces Carlos la besó y le pidió que se desnudase frente a él para adivinarle el cuerpo en la oscuridad del cuartucho. Él también se desvistió y la jaló a su lado para hacerla suya una y dos veces como una marea desbocada y dulce, recobrando las ocasiones perdidas. Se quedaron dormidos cuerpo a cuerpo. El frío de la madrugada despertó a Carlos.

—Cristina, es muy tarde.

—Vete tú primero, amor.

Carlos se vistió sin dejar de contemplar la belleza de ese cuerpo lacio, saciado de amores, y esa cara plácida. La cubrió con su ropa, protegiéndola del frío y se despidió con un beso en la frente.

—Ya vístete, Cristina. Te vas a enfriar.

Cristina musitó un sí pero siguió acurrucada sobre las pacas. Desde la puerta, Carlos se volvió a mirarla:

—¿Ya no me harás esperar?

Cristina sólo meneó la cabeza indicando que no, estaba segura de que nunca lo haría esperar.

Al entrar en la habitación, Carlos encontró a Olga en el reclinatorio, con la cabeza hundida entre las manos, aprisionando un crucifijo. La provocación fue más que incontrolable. Con el sabor dulce de Cristina aún en su boca, él también tenía que expiar sus culpas. Así que ante el silencio y la resignación incondicional de su mujer, Carlos se desvistió sin perturbarla para después arrodillarse detrás de ella, subir su falda lentamente y descubrir bajo las pantaletas un pubis lúbrico y palpitante esperándolo. Olga apretó los puños y escondió el gesto de placer entre el misal. Que Dios la perdonara.

14

Juanito oyó el chirriar de un motor seguido de un golpe seco. Un silencio como un zumbido se apoderó de la nogalera, mientras el mozo con desesperación avanzó hacia la carretera que bordeaba el rancho de los Velasco. Sabía de los coches que quedaban deshechos, de los conductores ebrios, de los choques en Bermejo o de los que arrollaban los trenes, pero nunca había oído uno tan cerca. Entre el jadeo de su propia respiración y la densidad del aire de mediodía quiso escuchar voces, gritos, pero sólo lo acompañaron el familiar correr del viento y el graznar de las urracas. Pensó que en La Blanca, al lado opuesto de la carretera, también habría escuchado alguien. No quería presenciar solo la escena.

Cuando saltó la cerca viva de saguaros, la inmutabilidad del camino por un momento lo hizo pensar que lo escuchado había sido un invento. Miró despacio a un lado y a otro hasta que distinguió en el lado opuesto de la carretera un auto incrustado contra un sabino. Conforme se acercaba reconoció el Ford verde de Carlos Velasco. Corrió hacia él.

—Joven Carlos —gritó ante la cara ensangrentada de su patrón.

El barullo se dejó venir de golpe. El propio Gustavo Fonseca salió deprisa para atestiguar el accidente de su yerno. Otros peones y Juanito lo sacaron con esfuerzo, con miedo y con la esperanza de que la gravedad fuese aparente.

Carlos Velasco había estado bebiendo en el bar del Hotel Princesa. Desconocía el inútil destino de los whiskies que se le acomodaron en el cuerpo. Repasaba con sorpresa su deseo por Olga, su mujer, la inapetente Fonseca de San Lorenzo. Imaginarla en el reclinatorio era atestiguar un vértigo perverso. Sintió deseos de acompañarla a misa y ventilar esa voluptuosidad y la traición al amor por su sobrina. Entre más whisky bebía, con la mirada en el ventanal que daba a la calle quieta, más nítido era el gesto de penitencia de Olga cuando la penetraba violentamente. De pronto sintió pereza de volver a la covacha, esa pasional rutina de piel y besos de tantos años. Pensaba en llegar al encuentro de su mujer y gozarla mientras ella contenía el placer que sus escrúpulos no le permitían manifestar. La vanidad le perdonaba el desear a una mujer fea bajo el amparo de la legalidad.

La bebida acumulada lo eximía de decisiones inminentes. Tener que explicar a Cristina, inventar una enfermedad venérea, huir de ella, capotear sus reclamos. De cualquier manera no la quería perder. Cabía la posibilidad de que su deseo por Olga fuese pasajero. Lo único cierto es que era inconfesable y torrencial, embriagante y casi místico. Con su mujer, él era Dios.

Pero si ya conocía esta curva; le habrían fallado los frenos: especularon las voces de los reunidos alrededor del accidente. Todos sabían que eran las copas, pues cuando Juanito arrastró su cuerpo lánguido y salpicado de sangre fuera del coche percibió el tufo del alcohol reciente que cada uno de los que después lo velaron, también atestiguaron.

Siempre bebía y aguantaba: defendió su madre, doña Ausencia, cuando contempló su palidez sobre la cama de la habitación.

Carlos, como Dios, manejó esa tarde de regreso a San Lorenzo. Saboreó la paz de desear a la mujer con la que dormía, con la que compartiría las herencias, con la que podía mantener un pacto de silencio tras la puerta de la alcoba. Seguramente, la paz lo adormeció cuando tomó la curva frente al rancho La Blanca, un jalón en el volante lo sacudió, pero el auto ya no respondió. Juanito le vio la sonrisa helada en el rostro. Un sombrero disimuló la abertura mortal en el cráneo.

Los gritos y los pasos agitaron esa mañana de abril. El revuelo llegó hasta Cristina que pegaba botones de concha a su chaqueta de lino. Dejó la labor, sobresaltada por la certeza de que algo malo pasaba. La puerta que daba a la calle estaba abierta y la casa parecía vacía. Se peinó deprisa, pensando que seguramente su abuela se había puesto mala.

Corrió a casa de la tía Ausencia. Matilde, la sirvienta, le hizo señas de que estaban en casa de Carlos. Entonces comenzó a detener el paso, temerosa hasta llegar a la sala abarrotada de gente y, sin que nadie le explicase nada, arrastrar los pies a la planta alta y encontrarse a su padre, con la cara ensombrecida, en la puerta del cuarto. Detrás de él, descubrió el rostro blanco de Carlos sobre la almohada. Percibió la mirada de Olga que le acariciaba la frente. Cristina corrió al lado vacío de la cama, revuelto aún por el sueño de Olga, y se desató en llanto mientras atizaba golpes al colchón.

Sin pudor alguno se subió a la cama hasta sentarse al lado de Carlos y acercó su cabeza al corazón, implorándole una señal de vida.

Segunda parte

AIN'T MISBEHAVIN'

1

El hombre levantó la vista sin dejar de soplar por la boquilla, cuando Cristina Velasco y los Ituarte entraron en el Melrose. Se sentaron muy cerca de la tarima al centro, lo suficiente como para que Doug comprobara, por la gargantilla de diamantes en el cuello de la mujer rubia, que eran ricos. Hacía estas observaciones mecánicamente mientras continuaba tocando una melodía con sus compañeros del bajo y del piano. Aprovechaba los descansos de su intervención para escudriñar el Melrose, bajaba el saxofón casi a ras del suelo y recargaba los codos en los muslos. A veces eran muy pocos los parroquianos: parejas, grupos de hombres, extranjeros, la penumbra no permitía distinguir bien las caras distorsionadas por espirales de humo. En los fines de semana, como ése, el lugar estaba lleno y el calor se volvía insoportable.

Los mexicanos pidieron una botella de whisky. Cristina se llevó el vaso a los labios y reparó en el hombre del saxofón. Lejos de San Lorenzo, podía observar a los hombres. Aprovechando la distancia que el escenario imponía, miró las manos grandes y fuertes que presionaban y liberaban las teclas del instrumento dorado. Miró los labios consumiendo la boquilla y los ojos cerrados abandonados a la cadencia de ese jazz melancólico. Mercedes la rescató del recuerdo, en el momento en que las manos del músico se volvían las de Carlos y los labios se le entibiaban de ausencia.

—Está bien el sitio, ¿no te parece?

—Me encanta —contestó Cristina lacónica, agradecida de poder salir del pueblo en compañía de su prima y su marido. Era la única manera.

Extraño que esa noche Doug se inquietara por la presencia cercana de los mexicanos. Las manos le sudaron de una manera distinta a cuando las apretaba alrededor del instrumento meneándolo con la exigencia de la melodía, arrancándole notas. La gente aplaudía, la pieza había terminado. La mujer del cuello largo lo miró aplaudiendo también, él asintió agradecido.

Cristina se dio cuenta que debía disimular un poco. El parecido del saxofonista con Carlos la remontaba a los paseos entre los nogales, a la bodega y las ruinas de adobe. La camisa blanca arremangada hasta el codo dejaba ver en el saxofonista unos brazos fuertes, velludos, y una cara angulosa con quijada pronunciada como la de él.

Tal vez a todos los hombres les pudiera descubrir algo de Carlos, como si se hubiera diseminado en mil fragmentos para reencontrarlo siempre. Pero en San Lorenzo no lo había descubierto en otros. A los treinta y dos años sólo podía mirar a hombres casados o más jóvenes que ella.

El remedio se le ocurrió cuando dio un trago a su tercera copa con la mirada fija en el músico. ¿A qué hombre no le gustaría vivir bajo el cobijo del dinero, sin otra preocupación que dedicarse a lo que más le gustase, sin otra ocupación que satisfacer a su mujer, que cumplir con las mínimas normas de la sociedad de San Lorenzo? ¿Qué otra manera tenía de no ser una quedada en San Lorenzo, de no causar lástima y merecer el respeto de señora que hacía tiempo le tocaba? Se iba a marchitar inútilmente. Su atrevimiento debía ser discreto, ponderado y, sobre todo, certero.

Al hombre le costaba trabajo desviar la vista de ese cuello insolente, terriblemente incitador y de esa mirada que cada tanto se cruzaba con la suya. No solía pasarle esto, además de Ann, se había metido con dos o tres fulanas en algunas de las giras de trabajo, esto después de unas copas, en otros pueblos, en otros tiempos. Su vida ahora no permitía distracciones. Ganar dinero después de la guerra no era cosa fácil, su oficio, desafortunado en un tiempo, había pasado la prueba de fuego. En tiempos de crisis la gente buscaba con más ahínco distraerse, colorear su vida efímera. En El Paso se podía llevar una vida cómoda, tener techo, bebida, un lugar donde trabajar.

El grupo anunció su descanso. Cristina aplaudió en exceso y comentó que le parecían estupendos. No perdió de vista al saxofonista que se acercó a la barra, a un costado. Se levantó de la mesa para ir al tocador. Pasó muy cerca de la espalda del músico y con su bolso de mano —con toda intención— le rozó un brazo.

—*Excuse me*—balbuceó en su inglés escolar.

Doug se volvió a mirar a la mujer y se detuvo en sus ojos. Cristina intentó retomar el paso, él le apretó el brazo enguantado.

—*No problem.*

Siguió de largo, alargar la conversación estaba fuera de lugar, pero tampoco había tiempo que perder. Hoy debía abordarlo, en tres días regresaría a San Lorenzo. Al salir del tocador, lo buscó con la mirada en la barra y luego a lo lejos en el escenario. A su espalda una voz la interrumpió.

—*You are a* bonita *mexican.*

Cristina volteó sobresaltada, era el hombre de la quijada ancha. En verdad le gustaba.

2

Cristina convenció a sus primos de que volvieran al Melrose. Las once de la noche, después de una apetitosa cena de filetes *medium rare* en El Principal, era una buena hora para rematar la sobremesa. Cuando entraron tocaban *Ain't misbehavin*, una de las favoritas de Paulino.

—No cabe duda que Fats Waller es un maestro —alabó el conocedor.

Cristina inclinó la cabeza discretamente para saludar al saxofonista que apenas hizo un movimiento de cejas en señal de bienvenida al grupo. Nuevamente se colocaron en la mesa del frente.

—Me parece que le gustas al del saxofón —le murmuró por lo bajo Mercedes.

—Es guapo —confirmó complacida.

Para entonces, no sólo le parecía guapo, sino que comenzaba a imaginarlo en el mismo cuarto de trebejos donde se reunía con Carlos, desnudo y ella a horcajadas sobre sus piernas. El whisky le caldeaba la imaginación y la languidez del saxofón le recorría la espina dorsal, alertándola como a un gato al acecho. Quería ser discreta pero no demasiado, tenía la intención de que se sentara en la mesa con ellos. Lo demás aún no le estaba claro. Con toda intención Cristina provocó el ánimo de Paulino, tan amante del jazz y promotor de estos viajes a la frontera.

—¿Cuál es tu pieza favorita? Les pedimos que la toquen.

—Estás loca, si no es como en México.

—¿Que no? Los músicos a sueldo complacen al público donde sea.

—Pero no tengo favorita, sino favoritas. Las que canta Billie Holiday.

—Di una, la que sea.

—*Through the backyard.*

Cristina se puso de pie y se acercó a la tarima, le susurró la petición al saxofonista y señaló a Paulino. El músico asintió con la cabeza.

Cuando acabaron la tanda, Paulino hizo señas al saxofonista para que se bebiera una copa en la mesa. Entonces Cristina le dijo a Doug, así se llamaba el saxofonista, en su inglés de niña bien, que algún día debía ir a San Lorenzo con su grupo y presentarse en el Bellavista. Paulino y Mercedes corearon la idea.

La siguiente tanda fue igual de gozosa para todos. Paulino explicaba a Mercedes, la hacía escuchar, detectar improvisaciones y, eufórico, daba sentido a la erudición musical adquirida en tantas horas de fonógrafo en su casa de San Lorenzo. En el club Bellavista le decían el loco de la manija —con intencional ambigüedad—, por su afán de escuchar y adquirir las novedades de acetato, aunque hacía tiempo que usaba el tocadiscos, y por lo mucho que de adolescente le gustaba ir al cine solo. Cristina, atenta al saxofonista, se desgajaba en la cadencia del instrumento y colocaba las manos de Doug en su cintura y sus labios sobre los suyos. Húmedos, como ella, que desde hacía diez años no sabía más que de asperezas, bochornos y ansiedades reprimidas. Su hallazgo, el jazzista del Melrose, sería requerido cada fin de semana en el Bellavista. Ya vería ella si su música estaba disponible para los eventos del pueblo.

Con el ánimo caldeado y las sillas del bar sobre las mesas vacías, Paulino invitó al músico a una última copa en el hotel. Doug no lo dudó, caminaron los cuatro bajo el fresco de la noche entre la luz amarillenta de los faroles hasta llegar al Texas Grand. El portero abrió al grupo que a voces excitadas se acomodó en la terraza de la habitación de Paulino y Mercedes. Paulino ordenó, con la propina por delante, que le enfriaran el champán. El portero cambió su gesto por un servicial «enseguida».

Paulino le comentó, después de insistirle que debía visitar San Lorenzo, que sería un honor tenerlo como invitado en el Bellavista. Tal vez su presentación fuera el principio del éxito en México.

—Puede ir con su familia. ¿O no es casado?

—No. Esas responsabilidades son demasiado para mí —mintió.

—De maravilla. Se quedan usted y sus compañeros en nuestra casa o en la del difunto primo Carlos. Allí sobran habitaciones y Olguita es la mejor cocinera del mundo.

Cristina sintió las aristas de un hielo en el estómago. Se encajó las uñas en sus puños apretados. Paulino la había sacado de la jugada. Todo tomaba un asqueroso tono familiar. Mercedes la alcanzó en el barandal donde Cristina ventilaba su coraje bajo el pretexto del excesivo calor de la habitación. Intuía el malestar de su prima e intentó animarla.

—No estaría mal llevar jazz a San Lorenzo, ¿verdad, prima?

—No —dijo enfática Cristina. Tenía que recuperar a la reina en el tablero.

Más tarde se despidieron todos en la puerta de la habitación de los Ituarte. Cristina se dirigió a su cuarto y Doug bajó las escaleras. Él esperó en el descanso, protegido por la penumbra. Después de unos minutos, se quitó los zapatos y se deslizó hacia arriba donde sólo bastó empujar la puerta para encontrarse con Cristina.

3

Fue todo un silencioso arrebato, un sofocarse los gemidos, un beberse las bocas, un tragarse la saliva, un desvestirse frenético. Doug le mordía los hombros y el cuello, perfilando el contorno de esa blancura tersa; Cristina temblaba, excitada, mientras sentía el sexo erguido de Doug sobre su vientre. Doug se hincó en el piso y besó los pies de Cristina que colgaban a un costado de la cama, con delicadeza, aquietando su respiración descompasada. Cristina cerraba los ojos, no quería verlo, pensaba en Carlos, los labios de Carlos que nunca habían besado sus pies con humildad, pero que habían chupado su sexo como si le robaran el alma. Por allí se la había quitado el maldito tío, para empalizarla en la tierra generosa de San Lorenzo, para hacerla savia de nogal. Doug se puso de pie frente a Cristina e, invitado por ese cuerpo de hostia y los pezones altivos, la penetró conteniendo un grito de placer. Cristina volvió a cerrar los ojos, a sentir las secreciones instantáneas de su vagina ocupada, secreciones que fluían cuando recordaba y que ahora manaban gozosas. Recobraba el placer y echaba de menos la fiereza de su amante muerto. Sus manos apretaron la espalda del hombre, él exclamó algo mientras compartían un orgasmo desvanecedor. Después de unos instantes, Doug giró para acabar boca arriba sobre la cama. Nunca había hecho el amor con una mujer que oliera a perfume fino. Cristina siguió con los ojos cerrados y una sonrisa plácida. Había encontrado la manera de recuperar a Carlos y desenterrar su alma de nogal.

Doug pensaba en su vida quieta, sus desayunos de Corn Flakes, sus domingos de beisbol con Jim, sus mil y una noches de trabajo, su anonimato en El Paso, la posibilidad de brillo social. Él sólo había viajado trabajando, todo le costaba. Él sólo conocía la música como producto y placer solitario, nunca pagaba su consumo. Estaba del otro lado de la barra, del otro lado de la frontera, del otro lado de la *realeza.* Esa noche había hecho gozar a esa dama, y él le gustaba a ella pues lo miraba atónita cuando soplaba por su aliado metálico y cerraba los ojos cuando su sexo entraba en el palacio húmedo y selecto. A él le bastaba la idea de grandeza que podía lograr al tocar el saxofón. No tenía imaginación para más y ahora esta mujer le ofrecía un paraíso.

4

Doug llegó antes que nadie al Melrose. Con las sillas aún sobre las mesas y sin la filipina puesta, los mozos trapeaban el piso. Pidió un bourbon y se dejó llenar la vista con ese escenario deshabitado que, sin música y sin gente, lucía su cara más ingrata.

Empezó a sentir calor en el cuerpo y en el ánimo. Era increíble lo que podía hacer una buena copa. Recordó los hombros de Cristina, su voz, la forma en que ella se entregaba. Era un asidero a la vida. Al pasar por su garganta, la bebida iba limpiando los resabios de la decisión tomada. Cuando miró hacia las mesas, el sitio ya se había transformado. La obra parecía a punto de comenzar: los manteles verdes sobre esas mesas redondas, los ceniceros, las lámparas bajas. La penumbra disimulaba las miserias descarnadas que instantes atrás eran evidentes.

Cristina seguramente ya no iría. El tren salía a las diez de la noche y dependía de la decisión de sus primos volver al Melrose. Así lo habían hablado.

—Alcánzame —insistió Cristina la noche anterior—. Vente conmigo —y le dio una tarjeta con su dirección—. Pero pronto, antes de que me olvides.

Llegaron los chicos, no era el momento de decirles. Los acompañó con otro bourbon. Se sentía ligero y melancólico. Nuevo. En el escenario, con el saxofón en sus manos, tocó el repertorio habitual, pero aquella de *All by myself*, después de *Sunnyland*, su favorita, desgarró el aire, detuvo cigarros y apuró tragos. Sus compañeros lo voltearon a ver entre los aplausos entusiastas. Entonces fue necesario explicar.

—Me voy. Me voy a México.

Entre músicos el silencio tiene un valor. No preguntaron. Cada uno se metió en la siguiente pieza con lo que la partida de uno de ellos representaba para los demás. Lo echarían de menos un rato y siempre lo recordarían. Pero estaban acostumbrados al cambio.

Los mexicanos llegaron con la ropa de viaje puesta, ni siquiera tomaron una mesa. Doug notó a Cristina enseguida. Ella sonrió desde la barra, la pareja también saludó con la cabeza. Era la última copa que ella se tomaba en el bar donde Doug dejaba de trabajar esa noche. Era finalmente la última noche de los dos en ese sitio. Doug le miró las manos mientras ella apuraba una copa de martini. No le gustaba beber mucho, se lo había dicho. Había nacido entre uvas fermentadas y hombres que se envalentonaban con el alcohol. Seguramente era la sensación de despedida. El volverse sola como había llegado. Doug disfrutaba la zozobra de la mexicana, en esos minutos sólo él conocía su destino.

Eran las nueve y treinta. Doug vio a Paulino pagar las copas y después a los tres acercarse a la tarima aprovechando el final de una pieza.

—Hasta pronto, Doug, te esperamos en San Lorenzo —dijo afectuoso Paulino, mientras extendía la mano.

Mercedes le dio también la mano y Cristina tuvo que hacer lo mismo. Doug la apretó con fuerza.

—Los veré pronto —dijo con vaguedad.

Desde la puerta del bar, Cristina, que con el pelo atado a la nuca ostentaba cierto desamparo, volteó a mirarlo. Él sonrió suavemente.

El taxi los llevó a la estación. Cristina iba callada. Buscaron su sitio en el pullman. Necesito otra copa, pensó mientras evocaba los minutos de piel sudada bajo la corpulencia de Doug. Pensaba en el torso de Doug, en el torso de Carlos, en lo que surgía de ella misma al amparo de esa posesión masculina. Comprendía que no sólo había extrañado a Carlos todo este tiempo, sino a ella misma y hoy sentía la tristeza de volver a perder ese pedazo suyo.

Tosió el motor del tren avisando la salida. Cristina vio su cara reflejada en el vidrio. «Todos arriba», gritó el portero. Se oyó el bocinazo de un coche. Era Doug, Cristina se puso de pie.

Bajó el vidrio con esfuerzos. Se escuchó el cerrar de las puertas de los vagones.

—Ven —gritó Doug mientras caminaba hacia la ventanilla del tren—. Yo te llevo a México.

Cristina miró su maleta bajo el asiento y sintió el primer meneo del tren en marcha. Cogió solamente su bolsa de mano.

—Nos vemos en San Lorenzo. Les encargo mi equipaje —se despidió ante la mirada atónita de sus parientes. Con dificultad abrió la puerta metálica mientras Doug la cogía del brazo para que se apeara.

Desde el andén, todavía alcanzaron a sacudir una mano de despedida a Mercedes y Paulino que se asomaban, incrédulos, por la ventanilla del tren que se dirigía al otro lado de la frontera.

5

Entraron a San Lorenzo dos días después que Mercedes y Paulino. Eran las cuatro de la tarde, una hora densa y estática, sin ruidos. Habían comido en Bermejo, en el Hotel Algeciras, bajo el vitral *art nouveau* que siempre mencionaba Carlos. Cristina nunca había ido allí con un hombre a solas. El único de todo el norte donde se hospedaban los actores norteamericanos que venían a filmar las películas del oeste y los mexicanos de la altura de Dolores del Río y Pedro Armendáriz. Una excitación desaforada bullía dentro de Cristina, explicaba todo a Doug, exaltada, contemplando esa ciudad mexicana con los ojos de un extranjero.

Frente a un buen pedazo de filete, Cristina y Doug hicieron planes para su presentación en el club Bellavista. Hablaría con su tío Gustavo. Primero que nada tendría que hacer una invitación formal a los parientes, presentar a Doug y anunciar su casamiento en Ciudad Juárez mostrando su anillo de esposada. Volver a San Lorenzo como mujer casada parecía cambiarlo todo en la existencia de Cristina.

Los perros eran los únicos que salían al paso del auto con placas del estado de Texas que atravesaba la calle del mercado frente a la iglesia. A las cinco abrirían de nuevo los comercios y la vida retomaría lentamente su ritmo de voces y pasos. Doug miraba todo con avidez. Después de la vastedad del territorio de arena interrumpido por erguidos órganos y arbustos como candelabros, parecía mentira transitar bajo el sombreado de los álamos y los sabinos. San Lorenzo olía a agua y a uvas reventonas. No desmentía aquel paraje verde las descripciones de su mujer. De cuando en cuando la miraba gozando el gesto retozón de quien ostenta su procedencia con orgullo. Sentía su cuerpo junto a él, sospechándolo desnudo como la noche anterior en el hotel de baja clase de Ciudad Juárez. Bastaba cobijarse con su piel y sentirla estremecerse de placer y saciedad para olvidarse del Melrose y los años de tocar con Jim y Dick.

Después de atravesar el pueblo mudo, Cristina resolvió que durante el banquete para el anuncio formal del casamiento sería cuando Doug se presentara en el Bellavista. Era jueves, mediaba un día para avisar. Sabía que no podía dejar que los rumores le ganaran, que las miradas curiosas se entrometieran por las contraventanas de su casa. Sabía cómo se las gastaban en San Lorenzo.

Después de cruzar el centro, avanzaron por la calzada que bordeaba la vieja hacienda, junto a la textilera de los Ituarte y Benavides, para llegar a la esquina de las casas de la familia. Cristina sintió un apretón en el estómago. La primera casa era la de Carlos. Después de señalarle a Doug la textilera, sólo dijo que, enseguida, esas casas de aleros y portones de nogal eran de sus tíos, abuelos y primos. En casa de su tía Ausencia miró, como era costumbre, una cortina descorrerse y bruscamente soltarse.

No había pensado en Carlos en estos días de travesía, de cambio de vida, de idear la manera de insertarla en San Lorenzo y de gozar las caricias de Doug que había dejado su vida por ella, por Cristina Velasco. Los pensamientos la alejaron de las explicaciones turísticas, buscaba acomodar esa sensación punzante de tiempo escurrido, de traición y rebeldía por no haber tenido nunca en Carlos la entrega de su músico norteamericano. Miró a Doug, le pareció tan ajeno a su pueblo, tan ajeno a su vida.

La vieja casa donde nació les salió al paso en la esquina siguiente. La que ahora era de su hermano Enrique y de ella. Para él, por si volvía, había conservado un cuarto de la planta alta siempre listo. Vivía en la Ciudad de México, solo. Se rumoraba que no era hombre, que siempre estaba rodeado de jovencitos. Tal vez. Cristina nunca le conoció a una novia. Qué más daba, seguramente no volvería más a este pueblo de machos briosos. Al principio lo había extrañado, sobre todo porque parecía entender su pasión por tío Carlos. Quizás por su misma proclividad a las pasiones clandestinas.

La hija de Tencha, heredera de la vieja criada de la familia, les abrió con indiferencia. Cristina llevó a Doug de la mano por la casa. Destinó de inmediato el cuarto de la esquina, el que mediaba entre la calzada y la callejuela, para el saxofón de Doug. Allí quedaron el atril y el estuche. Doug se detuvo frente al viejo nopal que ocupaba ese patio central de losas reventadas. Desde el centro, repasó las cornisas de la planta alta y la planta baja que exhalaban un señorío devastado. Se sentaron, a invitación de Cristina, junto al nopal del viejo patio esperando el té helado que Tenchita preparaba. Cristina inauguraba para sí el rito marital de sus padres, en una íntima celebración con las piedras, el nopal, la Tenchita y su marido.

6

Cuando Cristina fue a visitar, de una en una, las casas de parientes y amigos, todos sabían ya que había vuelto a San Lorenzo en el auto con un músico de El Paso. De todos modos la escucharon cuando dijo que celebrarían el casamiento y enseñó su anillo. Aceptaron asistir al festejo en Bellavista. Esa noche habló con Enrique. No iría, tampoco se creía el enamoramiento de su hermana. Ya alguna vez le había insistido en que saliera de San Lorenzo. Pero después de la muerte de Carlos, la posibilidad era impensable. Todo lo que había querido Cristina era estar cerca de los sitios comunes, del cuartucho al que entraba a solas sin mover siquiera el estado de las cosas desde la noche anterior a la fatalidad. Seguía yendo a montar los jueves, y acariciaba siempre al caballo de Carlos, que Juanito cuidaba, alimentaba y montaba para que el animal no extrañara el cuerpo. Un jueves le pidió a Cristina que montara al Manolo pues él llevaba varios días enfermo. No lo volvió a hacer nunca. El sudor de la piel oscura del animal empapando sus piernas era un atentado contra su sensualidad herida. Tampoco quiso alejarse del panteón donde el cuerpo de Carlos se desmenuzaba lentamente, prefirió sentarse al pie del nogal cercano a la lápida para desde allí sentir esa íntima fusión. No se acercaba mucho, temía ser descubierta. Cuando murieron sus padres fue más fácil continuar las visitas solitarias y penosas. Los muertos ricos estaban todos juntos y podía atreverse a frotar hasta entibiar la losa de mármol que cubría a Carlos. Cómo iba a entender Enrique su nuevo romance si sabía que Cristina no esperaba más que morir junto a Carlos, estaba segura que lo seguía pensando diez años después.

—San Lorenzo me asfixia, hermana. Yo no me quiero morir allí.

A pesar de sus sentencias: «¿Qué no era solamente un músico de un antro de la frontera?, ¿cómo podía comportarse así una Velasco?»; a lo que Cristina contestó y hasta peor, Mercedes acabó ayudándola. En el Bellavista acordaron entre las dos el menú, la disposición de las mesas, los arreglos de flores y fueron juntas por la orquesta a Bermejo. Allí Cristina advirtió que estaba dispuesta a pagar más pero que su marido era un saxofonista de renombre y debían dejarlo tocar y lucir. Doug se había quedado en la casa nueva sacando algunas notas a su instrumento y contemplando, desde el verdor de San Lorenzo, la belleza del cerro de laja desnudo en el horizonte. Se le antojó retomar el hábito alejado desde la adolescencia de las largas caminatas de monte. Su vida se había vuelto nocturna desde tiempo inmemorial. Dieron las seis, hora en que acostumbraba llegar al Melrose, y Cristina aún no volvía. Buscó algo de beber en la cocina, tendría que salir a comprar una botella. Recorrió las calles a pie en el sentido inverso a su entrada en automóvil. Primero las casas enormes de la familia con las cortinas corridas, adosadas una tras otra como vestigio de su unidad hacendaria, luego la textilera humeante en la esquina, y el principio de la calle central. Contempló despacio, atento; los transeúntes lo miraban sospechosos. Entró a la vinatería. Mal pronunció que quería un whisky y el dependiente se atrevió a preguntarle.

—¿Usted es el Gringo?

—Sí —contestó intimidado.

Salió con la botella envuelta en papel de estraza y una extraña sensación de vulnerabilidad. El Gringo, se repitió. Allí no sería más Doug Willys. Ni siquiera para Cristina que desde que llegaron a San Lorenzo había comenzado, en los retozos amorosos, a llamarlo «mi gringo». Era un extraño. No dejó que el sentimiento lo incomodara, no cabía arrepentirse cerca del cuerpo generoso de su mujer y la afabilidad de una nueva vida. A la vuelta Cristina y Mercedes estaban en casa. Doug escuchó sus voces desde la recámara, se acercó a la puerta que Cristina cerró de golpe.

—No debes ver el traje de novia antes de la boda.

Doug se quedó quieto, complacido con las risas y el chirriar del papel de china que escondía una sorpresa.

La boda ya había sido en la oficina del juzgado de Ciudad Juárez, donde podía ser un hombre dos veces casado. Pero para Cristina, pensó Doug, esta fiesta era la boda. A falta de vestido blanco y larga caminata desde el patio de la iglesia hasta el altar, como todas las chicas que por generaciones lo habían hecho en el templo de Santo Tomás, ella habría de tener una fiesta entreverada con jazz y blues para ingresar en la vida de las mujeres casadas de San Lorenzo, las que podían presumir de sus ritos y manipulaciones, participar de las reuniones, las cenas, las comidas, sin el estigma de ser peligrosas o raras. De ahora en adelante podría hasta conversar con los hombres casados de su pueblo.

Cuando salió Mercedes del cuarto junto a su prima, pasó incómoda frente a Doug. La última vez que lo había visto fue en el andén de El Paso. Bajó la cabeza apenada. Paulino la esperaba afuera en el auto.

—¿No lo habrás saludado?

—No —respondió Mercedes. Por primera vez pensó con orgullo en la osadía de Cristina.

7

La tía Beatriz sí había venido desde la Ciudad de México para aquella celebración. La sentaron en la mesa de Ausencita, su prima, que seguía sin quitarse el luto desde la muerte de Carlos. Allí reconoció a la viuda de su sobrino Carlos. La miró sin entender la inclinación de éste por ella, pensó que para la vanidad de Carlos era una muy buena razón para morirse.

La orquesta tocó una marcha nupcial y Cristina y Doug, a quien hubo que comprarle un traje oscuro a toda prisa, hicieron su aparición en el salón de banquetes del club Bellavista bajo el olor a nardo penetrante. Los invitados los recibieron con un aplauso frío sin levantarse de la mesa. Los novios tomaron su lugar en la mesa central, una mesa cuadrada pequeña, donde sólo cabían ellos dos. Después de mucho cavilar, Cristina sabía que esa era la mejor solución, sentarse con la tía Ausencita, que sanguíneamente era su pariente más cercana, ya que con Paulino y Mercedes hubiese resultado violento. A la primera se le habría ido el habla, y la pareja hubiera resentido su complicidad involuntaria.

La orquesta dio rienda suelta a su repertorio mientras se servía una cena abundante, acompañada de los vinos de las bodegas familiares. Doug, desde un escenario incómodo, descubría las miradas de los curiosos que parecían descifrarle la falta de estirpe y el interés. El mismo Paulino, en quien él pensó encontrar un guiño solidario, evitó a toda costa dirigir la mirada hacia el sitio del pecado. Mercedes, en cambio, ya en el postre, alzó su copa y brindó silenciosamente con el Gringo, tan desprotegido en su mesa blanca y florida. El pastel se partió con el ritual consabido y, al momento del champán, Cristina pidió a Doug que se uniera a la orquesta. El saxofón en su estuche negro esperaba en un rincón del escenario, Cristina había encargado a la Tenchita que se ocupara de traerlo. Mientras él se ponía de acuerdo con la orquesta, Cristina decidió pasar de mesa en mesa a brindar. Algunos, bajo el fragor de las copas y la belleza de Cristina en ese vestido de seda cruda, olvidaron el agravio social y le desearon felicidad. La mayoría de las mujeres apenas musitó un «Salud» sin poder disimular del todo la ofensa y el nerviosismo ante el atrevimiento de Cristina que había ido a la misma escuela y a la misma iglesia que ellas. Ausencita sólo colocó la mejilla para recibir el beso de su sobrina, desaprobando con un meneo de la cabeza la unión que deshonraba a su difunto hermano Alfonso. Mientras la tía Beatriz se levantaba para dar un franco abrazo a la sobrina, Ausencita murmuraba a su cuñada: «Ya lo decía yo que era francamente rarita esta muchacha. Y pensar que era la sobrina favorita de Carlitos". La viuda de Carlos disimuló sus celos mientras Cristina, punzante, se dirigía a ella:

—¿Y tú, tía Olga, no brindas conmigo?

—Yo no bebo, pero lo haré por tu tío Carlos, que hubiera disfrutado esta boda —contestó con un veneno mucho más eficaz.

Los labios de Cristina aletearon, el saxofón a lo lejos la obligó a mirar al escenario donde Doug y la orquesta interpretaban *Frenesí.* Se hizo un atento silencio, la fluidez del instrumento dorado inundó la tierra quieta de San Lorenzo y contagió a los invitados con un ritmo conocido. Varias parejas comenzaron a bailar. El tío Gaspar, padre de Mercedes, condujo a Cristina a la pista haciendo un ademán para solicitar permiso al músico que asintió con la cabeza.

—Qué locura has hecho, muchacha —se atrevió al final de la pieza.

Cristina, melancólica, recordó la última vez que había estado bailando con Carlos en ese escenario. Desde lejos cruzó su mirada con la de Olga Fonseca. También Olga recordaba la vez que había visto a Cristina bailar en la boda bajo el gesto amoroso de Carlos Velasco.

—Realmente no la hice cuando debía —contestó amarga.

Después de tres piezas, cuando el furor de las composiciones nacionales fue desplazado por lo último del jazz en Estados Unidos, los invitados comenzaron a reaccionar. Una consigna se desplazó por el salón. Los danzantes se retiraron de la pista y algunas sillas empezaron a quedar vacías. Doug no miraba, como no lo hacen los músicos de cepa. Qué iba a fijarse él en ese tablero de fichas fugaces cuando en el Melrose todas las noches los ires y venires de los parroquianos eran la norma, cuando el bar vacío poca mella hacía para la ejecución de una pieza. Comenzó sin la orquesta a tocar aquella pieza que ensayara siempre a solas. Las notas de *Amazing Grace* desgarraron el escenario y el corazón de Cristina que observaba desde su pequeña mesa de agasajada, sin recibir un gesto de despedida, el éxodo continuo de sus invitados.

Al final Doug se topó con el foro desierto. Cristina, desangelada, se veía terriblemente hermosa sentada en la única mesa que parecía estar ocupada. Más allá descubrió a otra mujer mayor sentada sola. Se encendieron las luces del salón abandonado. Doug dio las gracias a la orquesta y se acercó a la mesa de Cristina. Doug le acarició el pelo rubio.

—Eres la reina de San Lorenzo.

Cristina le extendió la mano y se puso de pie. Entonces descubrió a la tía Beatriz que se acercaba para despedirse.

—Toca usted maravillosamente —dijo amable a Doug—. Soy la tía Beatriz y vivo en la capital.

Cristina la miró con una sonrisa dulce, poco frecuente en su rostro desde la muerte de Carlos.

—¿Me llevan, muchachos?

El viaje de regreso en el auto fue silencioso. Antes de bajarse en casa de Ausencita, la tía Beatriz se despidió de los dos con un beso.

—Los espero en México. Habría mucho trabajo para usted, Doug. Mi sobrina ya conoce el camino.

8

La última vez que Cristina vio a Mercedes fue camino al mercado, iba detrás de ellos al lado de Paulino. El Gringo, como le llamaban en el pueblo, entró en la vinatería, como todos los lunes, por su botella de whisky. Cristina esperó afuera hasta que la pareja inevitablemente pasó frente a ella. Mercedes no pudo disimular su gesto de terror, había visitado a su prima a escondidas de su marido y le parecía doloroso ignorar su presencia. Pero pasó altiva con el mismo gesto de desprecio que había adoptado aquel gordito conocedor del jazz. Lo pusilánime de su prima irritó a Cristina.

—¿Qué, te ofenden las putas, Paulino Ituarte? ¿Te preocupa que se le pegue a tu mujer?

El hombre con la cara enrojecida de ira siguió adelante. Pero Cristina no iba a parar. Los siguió.

—No sabía que tenías problemas de sordera. O será que tienes tapadas las orejas con billetes.

Doug salía de la vinatería y desde allí observó petrificado. El vinatero también se asomó. Los que alcanzaron a contemplar la escena reían. Aquella Velasco despreciada gozaba de la simpatía popular, desde hacía un tiempo el Gringo y ella sólo hablaban con los marchantes del pueblo.

—Ya basta, Cristina —gritó Mercedes desesperada.

—Y tú no me vuelvas a visitar, hipócrita, no se te vaya a pegar la calentura de tu prima. ¿O no, Paulino?, cuéntale cuando me dijiste ebrio que me querías en la cama.

La pareja apresuró el paso horrorizada entre las risas generales y el resoplido iracundo de Cristina. Doug se acercó y la tomó del brazo gentil. Ella se zafó bruscamente y echó a andar de regreso a casa. A corta distancia, Doug la seguía.

La alcanzó en la banca del camellón y se sentó a su lado. Cristina tenía la mirada en el infinito. Se miró pasar años atrás con la falda gris y el cárdigan rosa pálido de regreso de la clase de costura. Recordó la seductora desfachatez de Carlos sentado en la banca mientras le boleaban los zapatos. Se sintió abatida.

Doug le observó el rostro desde hacía tiempo seco, sin una pizca de pintura y sintió una profunda impotencia por aliviar la tristeza de Cristina.

—Vámonos —le dijo suavemente.

Llegando a casa preparó dos whiskies y los puso en la mesita que siempre estaba bajo el nopal, junto a las sillas de lona. Cristina bebía en silencio, hacía tiempo que el whisky que le preparaba Doug le gustaba. Primero bebía sólo una copa. Ahora era capaz de acompañarlo con tres o cuatro. Esa tarde pidió a su marido que cambiara las sillas hacia la parte de atrás del nopal, la que miraba al cerro de laja. Doug accedió y desde allí contemplaron callados la tarde caer. Las sombras se posaron sobre sus distancias solitarias. Había que aliviar la agonía, rescatar las sonrisas dulces, Cristina no iba a dejar que le arruinaran el resto de su vida. Maldecía el no haberlos mandado al diablo antes. Ahora se atrevería a todo. Entonces la asaltó una idea.

Cogió a Doug de la mano.

—Ven.

Y lo llevó frente al baño, lo hizo trepar la barda de piedras amontonadas y lo condujo por el camino invadido de maleza al cuartito de los trebejos. El corazón le latía desaforadamente. El whisky le había caldeado la piel. Abrió sin dificultad y empujó la puerta cuyo familiar chirrido la exaltó. Entonces, con los ojos cerrados, se acercó a Doug y lo besó mientras le desabotonaba la camisa y tanteaba, sin despegar la boca, la botonadura y el cierre del pantalón. Doug, desbocado por esa manifestación de deseo, le quitó la blusa, le arrancó la falda y la tumbó sobre las pacas de paja hasta hacerle el amor, acompañado de la furiosa desolación del desierto apenas visible por una ventanita polvosa.

Doug agradecía la voracidad sexual de su mujer. Era una prueba de vida en medio de ese paraje de quietudes, de armarios silenciosamente digeridos por termitas, de cristalería fragmentada y fotos sepia. Un pueblo con una frontera abismal entre pobres y ricos, donde la Revolución había sentado su huella de resentimiento y temor en la clase todopoderosa que se aferraba a sus diferencias con vehemencia. Un don nadie había venido a herir la vanidad de la aristocracia de San Lorenzo, cuán digna hubiera sido una Velasco solterona en vez de mal casada con un gringo sin gloria ni fortuna. Pero allí estaba esta Velasco voluptuosa en el único refugio posible, sus brazos. Y eso era suficiente para lavar los pensamientos que, a veces en las tardes de muchos whiskies y sol a plomo sobre los cerros agrestes que flanqueaban las espaldas de la casa, se iban muy lejos: a los sueños de gloria que con Cristina había apostado, al hijo que no había visto crecer. Ahora su gloria consistía en estremecer la piel de su mujer así como arrancaba melodías del saxofón colgado en la pared.

Cristina se había quedado dormida abrazada a su cuello. Le miró las huellas de las lágrimas detenidas en las pestañas. Serían demasiados whiskies, pensó Doug, no se atrevía a suponer que ese momento no estuviese para ella lleno de la misma plenitud. La vistió mientras ella seguía desmadejada y la llevó en brazos hasta la habitación.

9

No había ya nada que perder, así que Cristina se propuso afrentar a San Lorenzo, a Olga, a su tía Ausencita, a Mercedes y Paulino, a Carlos. Mientras se escuchaba el saxofón, a ciertas horas y cada vez menos, Doug tocaba desde su estudio de la esquina, Cristina posaba desnuda en el salón. Habían ido a Candelilla por el pintor, un muchacho que había hecho los murales del nuevo edificio del Palacio Municipal. Mientras viajaban ella y Doug con aquel joven callado en el asiento de atrás, Cristina recordó su viaje a la capital, pensó en Diego y sus mujeres pintadas. Antes de que su carne no diera más que lástima debía quedar para siempre en un enorme lienzo. Pasaron a la casa de materiales de Bermejo por lo necesario e instalaron al pintor en la habitación de Enrique. El muchacho era silencioso. Mejor, pensó

Cristina, que cada vez hablaba menos y acumulaba más violencia en su voz.

El pintor y ella escogieron la esquina adecuada del salón, se necesitaba luz natural. Cristina estaría cerca de la ventana, de pie, señorial, con el cuerpo ligeramente ladeado y el mantón que caía del hombro a la cadera apenas cubriéndole el pubis. La sesión duraba mientras la luz lo permitía y se interrumpía por descansos en que Cristina premiaba su oficio de modelo con una copa de whisky. Estando de pie miraba el salón donde había sido niña y jovencita, recibía el sol de la misma ventana desde la cual espió el mundo de los grandes. Siempre resaltaba la apostura del tío Carlos: cuando se iba a montar, a los viñedos, al club o a Bermejo.

La voz corrió pronto. Más de uno la había visto desnuda en el salón ante el muchacho que la pintaba en una enorme tela. La servidumbre de las casas vecinas fue la primera en notarlo. Lo hablaban en la cocina: que mientras el Gringo tocaba su saxofón, la señora Cristina tocaba otro instrumento. De la cocina subió el chisme, como el olor de los frijoles, a la planta alta de la casa. Después de discutirlo en sesión extraordinaria, la plana mayor de los Velasco mandó a Olga Fonseca, viuda de Velasco, como embajadora, apelando a su serenidad para convencer a Cristina de que llevara una vida más discreta. Ya suficiente escándalo era ese marido cazafortunas que había importado del otro lado para vergüenza de toda la familia.

Fue antes de la comida, a la hora de la botana, cuando la viuda salió rumbo a la esquina de la casa de su sobrina política. Iba con el paso firme, enaltecida por aquella misión de familia y por la oportunidad de poner en su lugar a esa mujer que siempre la había inquietado. Debe haber seguido viviendo Carlos, sería peor, pensó Olga, encontrando por primera vez un consuelo en aquella muerte temprana que le había robado el sentido de la humedad vaginal apenas descubierta. Una muerte que la destinó a hincarse todas las noches en el reclinatorio con el rosario esposado en la muñeca, la otra mano en su pubis desnudo, evocando los atrevimientos de su marido.

Al llegar a la esquina aligeró el paso. De la ventana abierta que daba a la callejuela salían las notas lánguidas del saxofón. Se recargó en los adobes del muro para escucharlo; recordó que en la boda le había costado trabajo ponerse de pie y retirarse con la soberbia por delante. El sonido le era muy grato.

Respiró y siguió hasta el portón. Tocó la aldaba y esperó a que Tenchita le abriera.

—Vengo a ver a la señora.

—Está ocupada.

—Ya sé. Dile que la busca su tía Olga.

Con toda intención había antepuesto a su nombre aquel título de jerarquía familiar.

Tenchita, resignada, arrastró los pies por el pasillo hasta la puerta del salón. El saxofón seguía inundando el patio del nopal, los aleros sombríos, los pasos de la criada y los propios pasos de Olga, que llegó detrás de ella hasta la puerta del salón preguntando con un «¿puedo?» decidido.

El pintor bajó la cabeza en señal de saludo y Cristina hizo un ademán a Tenchita para que le acercara la bata china.

—Estamos trabajando —dijo con ira a la intrusa.

—Ya lo sabía —contestó Olga—, eso mismo es lo que me trae por acá. No tendría otra razón para pisar esta casa donde has manchado la memoria de mi cuñado.

—No empieces, tía Olga, que a mí nunca me han calado los sermones. ¿Quieres algo de tomar?

—Un té helado —contestó Olga con la soberbia atenuada.

—Tenchita, un té para la señora, sírveme otro whisky y ofrécele algo al señor Armando.

Mientras el pintor pedía un refresco y seguía con su paleta y los pinceles enfrascado en aquel lienzo, Olga y Cristina se acomodaron en los sillones de brocado gastado.

—¿Me dirás? —preguntó Cristina divertida.

—¿No tienes frío, mujer? —preguntó Olga, nerviosa por la desnudez evidente de su sobrina bajo aquella bata que apenas la cubría.

—Yo nunca tengo frío, y cuando tengo, está Doug. Imagino que tú sí necesitas abrigo.

Olga comenzó a incomodarse y decidió darle prisa al asunto:

—Voy al grano, pero preferiría estar a solas.

—Si lo dices por Armando, me pinta desnuda. ¿Tú crees que se va a asustar de algo de lo que aquí pueda escuchar?

No había remedio. El muchacho ni siquiera se percató de que estorbaba. Tenchita entró y les dejó las bebidas. Cristina dio un trago fuerte mientras Olga la miraba asombrada por la capacidad de su garganta para la bebida.

—Todos estamos indignados con tu conducta. Posar desnuda ante un hombre, exhibirte con la ventana abierta, faltar al respeto a tu marido.

—Mi marido nunca les ha importado, así que no me vengas con preocupaciones hipócritas. Por otro lado, estoy en mi casa y yo poso desnuda y abro la ventana a mi placer. Además, no tengo de qué avergonzarme.

Se puso de pie y desanudó el cinto de la bata que resbaló por sus caderas hasta caer en el piso. Olga miró asustada aquel cuerpo blanco, firme y armonioso a escasos centímetros de ella, sin responder.

—Por favor —dijo, alcanzándole la bata del piso.

—Pobre tía, entiendo que tú ni siquiera pretendas que te pinten vestida. Pero yo me puedo dar el lujo.

—¿Un lujo? Diría yo una indecencia.

—Un lujo como otros que me he dado.

—Ya veo —contestó Olga esquiva.

—No, no ves, nunca viste que Carlos me amaba y se casó contigo para no perderme.

—No ultrajes el nombre de mi marido ausente.

—Era mi amante, siempre lo fue. Hicimos el amor en el cuarto de los trebejos la noche antes de que muriera, hicimos el amor maravillosamente.

Cristina, melancólica, tomó otro trago grande. Pero Olga temblaba encendida de furia:

—No es verdad, a mí me hizo el amor esa noche.

—Mientes.

Olga guardó un silencio victorioso.

—Entonces tú lo mataste —sentenció Cristina con la voz apagada y la mirada fija en el vaso de whisky.

Olga se puso de pie bruscamente y salió de aquel salón. Armando apenas levantó la mirada del lienzo donde detallaba las flores del mantón. El sonido doloroso del saxofón persiguió a la viuda hasta la entrada de su propia casa.

10

A los pocos días de la visita de Olga Fonseca, Armando terminó aquel cuadro a escala natural. Cristina pidió que lo llevara a la habitación para sorprender esa misma noche a Doug.

Después de cada jornada el pintor lo cubría con una sábana en el salón donde trabajaba, así que Doug no lo había visto. Cristina pagó al joven lo pactado y se despidió de él. Doug lo llevaría de regreso.

Cuando su marido volvió de la caminata habitual, encontró la casa apagada salvo la luz de la habitación. Se acercó hasta la puerta y tocó, avisando su regreso.

—Pasa. —Escuchó a Cristina.

Doug abrió despacio, buscando a su mujer. La descubrió desnuda, con un mantón sesgado sobre los hombros, en total quietud frente a la pintura.

Se acercó ceremonioso. Entonces Cristina se movió bruscamente revelando su propia figura en idéntica posición en el lienzo.

—¿Qué te parece?

—Una maravilla —dijo Doug, impactado por la belleza de Cristina en el cuadro que, sin arrugas ni flojeces, volvía a ser la mujer joven que lo arrancó de su vida en el bar. La miró y miró el óleo. Cristina le acercó una copa de whisky que le tenía preparada. Brindaron y bebieron.

—Tiene un gesto raro —protestó Cristina.

—Es dulce.

—Yo no lo soy.

Doug se quedó callado.

—No quiero verme dulce. No me gusta.

—Me gustas más tú. Es verdad, no es tu gesto. Tú tienes la mirada arrogante, retadora.

Y Doug, enardecido por el recuerdo de esa mirada y los hombros suaves con el cuello como provocación, se arrodilló a besar sus piernas. Cristina daba tragos a su copa mientras cedía al deseo de su marido. La textura de la seda de aquel mantón sobre el cuerpo de Cristina exaltaba la sensualidad del músico que, olvidando suavidades, arrojó a Cristina sobre la cama y la poseyó con fiereza.

Cristina miraba las vigas de la habitación, las lágrimas le escurrían hacia las sienes. Se sentía presa en la esquina del tablero. Hubiera valido la pena salir de San Lorenzo. El semen entre las piernas le recordó la conversación con Olga, las palabras que no la habían dejado en paz desde entonces. Doug, boca abajo a su lado, reposaba.

—La muy puta vino a humillarme y a machacarme su gloria —se quejó en voz alta.

Doug sólo pasó una mano por su cintura en señal de consuelo. Estaba acostumbrado a que Cristina despotricara y llamara putas a las mujeres de su familia.

—El muy sinvergüenza me hizo creer, tras la perfección del engaño, que me amaba. No era mío. Nos gozaba a las dos, como si fuéramos únicas.

Doug, alerta, se incorporó sobre la cama.

—Cómo voy a tener la mirada dulce —dijo, consciente de la compañía de Doug pero sin quitar la vista del techo—, si yo todo lo que he hecho es tenerte para no olvidarlo. Yo no he querido librarme de él, he querido liberarme del olvido. Necesitaba un hombre, un hombre para no perder su memoria. Y mira ahora, no tengo nada.

Doug apretó los ojos y le acarició la cabeza como el único gesto de amor que prolongaría hasta su muerte.